틈새 보이스

Boys

Voice

틈새 보이스

제1판 제1쇄 2016년 9월 9일
제1판 제3쇄 2017년 8월 25일

지은이 황선미
펴낸이 우찬제 이광호
펴낸곳 ㈜문학과지성사
등록번호 제1993-000098호
주소 04034 서울 마포구 잔다리로7길 18 (서교동 377-20)
전화 02) 338-7224
팩스 02) 323-4180(편집) 02) 338-7221(영업)
전자우편 moonji@moonji.com
홈페이지 www.moonji.com

ISBN 978-89-320-2900-9 43810

이 도서의 국립중앙도서관 출판예정도서목록(CIP)은 서지정보유통지원시스템 홈페이지
(http://seoji.nl.go.kr)와 국가자료공동목록시스템(http://www.nl.go.kr/kolisnet)에서
이용하실 수 있습니다.(CIP제어번호: CIP2016021047)

이 책은 대산문화재단의 기획으로 교보생명 〈광화문에서 읽다 거닐다 느끼다〉에 연재된 작품입니다.

틈새 보이스

Boys Voice

황선미 장편소설

문학과지성사

차례

틈새

김밥 1.500
치즈김밥 3.000
참치김밥 3.000
오뎅 2.000
떡볶이 3.000
라볶이 3.500
라면 3.000

우산을 접고 들어서는데 주방에서 아줌마가 빤히 보는 게 느껴졌다. 안으로 갖고 들어오지 말라는 눈치인 줄 알지만, 나는 문을 조금 열고서 우산의 물기를 털어 보이는 제스처로 대충 무시하고 원탁으로 돌아섰다. 원탁에는 이미 임자가 있었다. 앉자고 들면 의자 다섯도 가능한 자리를 혼자서 차지하고 고개를 처박은 채 김밥을 먹고 있는 여자애. 애라기에는 좀. 10대 같지만 전체적으로 불량스러워 보이고 분명히 학생도 아닌 것 같다.

나보다 먼저 온 아는 얼굴이 없었다. 처음으로 녀석들을 아쉬워하며 아무 의자나 잡아 앉는데 은근히 속이 꼬였다. 벽에 붙여놓은 긴 탁자 아니면 원탁이 전부인 여기서 뭘 먹는 방법은 딱 두 가지. 긴 탁자에서 벽을 쳐다보며 먹거나 원탁에서 마주 보고 먹거나. 내가 속이 꼬인 건 먹는 방법 때문이 아니라 창밖이 보이는 원탁을 놓쳤기 때문이다.

한 번도 웃어본 적 없을 것 같은 아줌마는 뚱한 얼굴로 묵묵히 김밥을 말고 있었다. 일행이 없는 손님은 저 자리에 앉을 자격이 없다. 앉기도 전에 아줌마든 아저씨든 단체 손님 자리라며 제지한다. 여기 메뉴를 종류대로 다 시켜도 혼자라면 벽을 보며 앉게 마련인데, 이건 무슨 경우람. 손님이 별로 없기는 해도. 딸은 아닌 것 같고 혹시 단골한테는 봐주기도 하나.

창문이 원탁 쪽으로만 있어서 거길 보자니 여자애를 흘끔거리는 꼴이라 나는 괜히 좁은 가게를 둘러볼 수밖에 없었다. 몰랐는데 맨 안쪽 구석에 허리를 굽혀야 들어갈 정도의 문이 있고 그 앞에 남녀 신발이 있었다. '창고'라는 쪽지가 붙어 있지만 문 옆에 쌓아놓은 반투명 플라스틱 상자의 내용으로 보아 아마도 아줌마, 아저씨의 방이 아닌가 싶다. 엄마도 철 지난 옷이나 치워야 할 것들을 저렇게 처리하는 편이다. 이 좁은 공간이 방과 주방, 원탁이 놓인 쪽과 긴 탁자가 놓인 쪽으로 알뜰하게 나뉘어 가게이자 곧 집이라고 생각하니 이상하게 비위가 상한다. 저곳은 분명 구덩이처럼 작을 테고 저런 방에서는 부둥켜안고 자야만 할 것이다. 덩치 크고 뚱한 아줌마랑 나이가 훨씬 적어 보이고 다리까지 절면서 온갖 심부름을 다 하는 아저씨가.

"뭐 먹을 거야?"

주방에서 삐딱하게 고개를 빼고 아줌마가 물었다. 내가 그래도 손님인데 저런 태도는 정말 예의가 아니다. 매번 돈 내고 욕먹는 기분. 아무리 손맛이 좋다고 해도 구덩이 같은 방에서 자고 나와 대강 만드는 것들인데. 제대로 손이나 씻을까. 아, 차라리 보지 말걸. 내 인생이 보지 말아야 할 것을 보고 몰라야 할 것을 알면서부터 꼬이기 시작했다는 걸 아는데도 그냥 넘어가지 못하니 편하게 살기는 진즉에 글러먹었다.

참을성을 꿀꺽 삼키듯 아줌마의 표정이 비틀리는 순간, 나는 생각할 것도 없이 라면을 주문했다. 그때 도진이 들어섰고 원탁에 앉았던 여자애가 계산을 하고 나갔다.

등짝까지 다 젖어서 들어온 도진은 여자애가 계산하고 우산을 챙겨서 나갈 때까지 눈을 떼지 못했다. 내 쪽에서는 여자애를 똑바로 볼 수가 없어 도진이 넋을 놓고 쳐다보는 게 멍청해 보였지만, 녀석이 저 정도면 그만한 이유가 있을 것이다. 항상 진지하고 지적이고 싶어 하는 애니까. 여자 얘기 같은 건 수준이 낮다고 생각해 입 다물어버리는. 그런 애가 눈을 떼지 못했다면 여자애의 어떤 면이 충격적이거나 아주 이상하다는 거다. 허접한 겉옷으로 휘감았어도 뒤태가 늘씬한 걸 보면 충격적으로 예뻤거나. 궁금했으나 녀석이 아줌마한테

다가가 나직하게 주문하는 걸 보는 순간 창밖으로 시선을 돌려버렸다.

"김밥 두 줄요."

고작 의자 열두 개가 전부인 코딱지만 한 가게에서 저렇게까지 하는 꼴이라니. 다른 건 먹지도 않는다는 걸 아줌마도 알 텐데. 밋밋한 얼굴에 특징 없이 걸린 안경도 느끼한데, 더 정떨어지는 건 저 매가리 없는 말투다. 목소리 깔고 높낮이도 없이 말하는 걸 듣자면 소름이 돋는다는 걸 언젠가는 꼭 알려주고 싶을 만큼 나는 저 자식이 싫다.

도진이 원탁에 자리를 잡았고 나도 자리를 옮겼다. 우리는 잠자코 휴대전화를 들여다보았고, 나는 가끔 빗물로 얼룩진 창문 너머 건너편을 흘깃거렸다. 7시. 아직 병원의 불이 꺼지지 않았다.

"무. 양심적 병역 거부에 대해 어떻게 생각해?"

느닷없이, 역시나 매가리 없는 말투로 도진이 물었다. 자기 목소리가 약하다는 걸 아는지 내 쪽으로 몸을 기울여주는 친절을 베풀었지만 나는 또 길 건너편으로 시선을 돌렸을 뿐이다.

"무. 양심적 병역 거부에 대해 생각해본 적 있어?"

녀석은 다시 물었고 나는 어금니를 질끈 물었다. 뭘 어쩌자는 게 아니라 녀석과 있다 보면 자연스레 이렇게 된다. 이번에는 이 문제에 꽂혀 인터넷 검색을 실컷 해본 모양이고 알아낸 만큼 누구라도 붙잡고서 떠들고 싶을 테지만, 나는 이 자식의 헛소리에 맞장구쳐줄 마음이 눈곱만큼도 없다. 때마침 아저씨가 배달통을 들고 들어왔고 원탁으로 라면과 김밥을 가져다주었다. 나란히 놓인 그것들이 우리를 친구처럼 보이게 할지 몰라도 천만에. 우리는 그저 이 원탁에 앉기 위해 암묵적인 협상을 유지하는 사이랄까. 도진은 어떨지 몰라도 나는 분명히 그렇다. 우리는 절대로 남의 밥그릇에 젓가락을 대지도 않을뿐더러 뺏어 먹는 일 같은 건 생각조차 안 한다.

대강 끓였건 손을 안 씻었건 노른자가 반쯤 익은 상태로 나온 라면은 입맛을 당겼다. 역시 나는 인스턴트와 궁합이 맞는다. 시작부터 인스턴트였을 것이다. 영양이나 태교 따위가 고려됐을 리 없으니 계란 든 라면이면 군말할 것 없다. 배곯는 애들을 위해 계란 하나를 통으로 넣어주는 아줌마. 인정 하나는 알아줘야 한다. 나는 세 젓가락에 라면 한 그릇을 끝내고 입안의 열기를 한숨으로 식히며 다시 길 건너편을 보았다.

젠장. 또 혓바닥을 데고 말았다. 오늘따라 퇴근이 늦다. 돈 벌어서 다 어디에 쓰려고 저렇게 오래 붙어 있는 걸까. 하긴, 돈은 가지면 가질수록 더 갖고 싶어지는 거라고 했다. 보험왕까지 된 대단하신 내 엄마가. 돈 때문에 일생일대의 좌절을 겪고 나서야 돈이 곧 성공이라는 걸 알았다고, 나더러도 돈 안 되는 그림 따위는 취미로 잠깐만 허락한다고 했다. 내가 학교 빼먹고 돌아다니고 학원에 돈만 갖다 바치는 게 그림 때문이라 믿었는지 1주일에 두 번은 봐주기로 한 것이다. 아직은 돈 구할 능력이 없어서 엄마와 그렇게 타협했다. 엄마는 내가 홍대 근처 화실을 고집하는 바람에 이쪽에 남다른 소질이라도 있는 줄 알고 보험 설계할 때도 은근히 써먹는다. 공대 나와도 취직이 어렵다니 예술 하는 건 말려야 하는데, 어려서부터 소질이 영 그쪽이라. 사실은 제 꿈이 화가였거든요. 애라도 하고 싶은 거 해보라고 해야죠.

"양심적 병역 거부?"

라면 그릇을 치우러 온 아저씨가 도진에게 걸려들었다. 자기 쪽으로 몸을 숙여가며 중요한 이야기라도 할 것처럼 구는 바람에 귀를 기울이고 만 것이다. 그러나 아저씨는 도진을 빤히 보다가 그릇만 가져갔고 도진은 김밥 하나를 입에 넣었다. 그리고 서너 번 씹고 삼키는데 참 묘하게 그 짧은 동안에 찌꺼기를 꼭 입술에 남겨 기어이 남의 비위를 뒤집어놓는다.

미안하지만 녀석도 나만큼이나 등외급이 분명하다. 큰 슈퍼마켓 외동에 유학까지 갔다 왔다는 것도 의심스럽지만, 윤이 그렇다고 하니 사실이기는 할 거다. 제정신으로 봐주기 어려울 뿐 윤은 거짓말을 모르는 애다. 도진의 문제는 유학 갔다가 돌아왔다는 거. 흔하게 들어본 하버드나 예일 같은 아이

비리그는 고사하고 다니던 고등학교도 못 마치고 와서 검정 고시 학원에 다니는 주제라는 게 녀석이 우리에게 '네이버 지식인'이 된 이유다. 전문적이지도 않고 정확한지도 알 수 없는 정보를 주워 담고 다니면서 똑똑한 척 구는 불쌍한 놈. 우리가 귓등으로 흘려들어도 화를 내거나 실망하지 않으니 기특한 놈이고. 그래서 충돌 없이 나는 아직 이 녀석과 이 원탁에 앉아 있을 수 있다. 틈새. 우리 사이에는 그게 있다. 마치 이 분식집처럼.

번듯하고 큰 건물 사이에서 용케 버티고 있는 이 분식집이 우리한테는 '틈새'로 통한다. 간판이야 언제 붙였는지 알 수 없게 낡은 '제일 분식'이지만, 분식을 제일 맛있게 하건 '스마일 분식'이건 그냥 큰 건물 틈새에 끼어 있는 분식집일 뿐이다. 여기에 중국집이나 카페가 있었다고 해도 나는 들락거렸을 것이다. 나한테는 그냥 여기가 필요할 뿐이다. 길 건너편이 보이는 이 원탁 자리가. 여기 앉기 위해서라면 냄새나는 아저씨나 아까 그 여자애 같은 사람과 동석하는 것도 상관없다.

"무. 병역이 누군가를 총으로 쏘겠다는 전제를 갖고 있다는 것에 대해 동의해?"

나는 한숨을 폭 쉬며 눈을 감고 몸을 뒤로 젖혔다. 녀석에게 이런 행동은 생각해보겠다는 의미로 받아들여질지 모른다. 젠장. 이번에는 덴 자리가 두 군데라 아무는 데 시간 좀 걸리겠다.

"무. 동의한다면, 이유가 뭐야?"

나는 도진을 빤히 보았다. 제발 나를 저렇게 부르지 말기 바란다. 안 그래도 못마땅한 이름이 이 녀석 입에서 매가리 없이 나오면 더 존재감을 상실하는 것만 같다. 공기 중에 연기처럼 풀어져 아무에게도 닿지 않을 안타깝고 모자란 한 글자. 고작 이런 이름이나 지을 때 엄마는 무슨 생각이었을까. 하긴, 생각이라는 걸 할 처지도 아니었겠지.

"너, 그런 식으로 말하면 좋냐?"

"당연히 반대 의견을……"

그때 문이 벌컥 열리고 기하가 들어왔다. 도진과는 달리 눈이 가늘고 콧날이 반듯해서 분명한 인상을 주는 애. 머리도 좋은 것 같다. 자기 말로는 전교 1퍼센트 성적에다 아르바이트로 주가 조작을 한다나. 저 자식 성적이 일등이든 꼴등이든 알 바 아니지만 어린 주제에 돈 되는 아르바이트를 한다는 건 쪼끔 신경이 쓰인다. 비밀이랍시고 털어놓은 건데 나로서는 녀석이 가끔씩 밥값을 책임져주니 따져 물을 필요가 없을 뿐이고, 훔치는 걸 대수롭지 않게 생각하는 애라 주가 조작이라는 뻥도 훔칠 만한 어떤 물건쯤으로 짐작하고 있다.

"야, 체크. 10시부터다. 중간에 나오는 건 상관없는데, 같이는 가줘야겠다."

아주 건방진 놈이다. 말하는 싸가지도 제 마음대로에다 결론지어 지껄이는 것도 아주 웃긴다. 나를 처음 봤을 때 관자놀이에서 귀 뒤쪽으로 길게 난 흉터가 멋있다고 했다. 손등에 꿰맨 흉터가 체크 모양이라고 아예 나를 그렇게 부르는 놈. 뭘 알지도 못하면서 나불대지만 적어도 도진처럼 비위 상하지 않으니 그냥 그러라고 놔둔다. 그렇다고 내가 녀석을 친구로 생각하는 건 아니다. 녀석도 나를 좋아하는 것 같지 않다. 뭐 상관없다. 우리는 그저 여기서 벽이나 쳐다보며 김밥, 라면 따위를 꾸역꾸역 먹지 않으려고 이 원탁을 확보한 일회용 관계일 뿐. 그런데도 얼마 전부터 클럽에 같이 가자고 조르니 살짝 헷갈리는 중이다. 그것도 도진이나 윤은 빼고 나한테만.

"뭐, 끝까지 있고 싶으면 있고. 그치만 너희 집 멀잖아?"

"왜 그래야 해?"

내가 퉁명스레 대꾸하자 도진이 눈을 끔뻑이며 기하와 나를 번갈아 보았다. 저럴 때 보면 저 밋밋한 얼굴 뒤에 여우가 숨어 있는 것 같다는 생각이 든다. 한때는 공부 좀 했다는 것도 믿어진다.

"아줌마. 치즈 라면요!"

기하 목소리가 커졌다. 저번부터 뭐가 안 풀리나 싶게 신경질적이었는데 오늘도 꽤나 긴장돼 있다. 클럽 때문일 리는 없고. 내가 신경 쓸 건 아니지만 클럽에 같이 가주기를 바라는 사람한테 까칠한 건 정상 아니다. 게다가 중간에 나오는 건 상관없지만 같이 가기는 해야 한다니.

"뭐가 왜? 중간에 나오는 거? 같이 가주는 거?"

"다."

"그래야 하니까. 더스티 공연이야."

"아."

"아아? 설마, 관심도 없어?"

기하가 지갑에 잘 꽂아두었던 초대권을 눈앞에 꺼내 보였다. 밴드 얼굴이 인쇄된 커플 초대권. 유치한 도안에 문신처럼 화장한 보컬 때문에 퇴폐적으로 느껴지는 그걸 들이대고 기하는 아랫입술이 하얘지도록 깨문 채 나를 쏘아보았다. 숨소리마저 거슬리는 게 이 자식 지금 단단히 틀어져 있다. 내가 더스티에 관심 없다고 저렇게 성질내는 거라면 이상하다. 아주 이상하다.

솔직히 나는 클럽에도 가본 적 없고, 당연히 클럽에서 어떤 밴드들이 활동하는지 알 턱이 없다. 물론 그렇다고 말하지 않았다. 할 필요도 없고 그것 때문에 내가 모자란 놈으로 보이는 것도 싫다. 솔직히 저번에 기하가 클럽 이야기를 꺼냈을 때 나는 더스티라는 밴드를 처음 알았고, 기하가 유일하게 좋아하는 팀이자 그중 유일한 여자 멤버에게 꽂혔다는 것을 알았고, 그러나 돌아서면서 까먹었다.

"걸 그룹도 아니잖아."

도진이 한마디 했다가 기하의 험악한 눈초리를 받았다. 가늘고 작지만 기하의 눈 속에는 사람을 기죽이는 힘이 있다. 그런데도 엉기는 애는 도진이 유일할 거다. 눈치가 빵치인지 집요한 건지, 매가리 없는 나직한 목소리로 외국 애들 흉내 내듯이 양손을 들고 진지하게 상대를 설득해보려고 애쓰는 가엾은 놈.

"우리가 일반적으로 상대와 뭔가를 공유할 때는……"

"조용히 해라."

기하가 도진 앞으로 김밥 접시를 밀어붙이며 입을 막았다.

"야, 같잖은 지식인. 공부든 뭐든 내가 너보다 낫거든."

도진은 어이없다는 듯 눈썹을 꿈틀하고 김밥 하나를 집어 먹었다. 둘은 충돌 직전에 멈춘 적이 많다. 둘 다 잘난 척하려다 충돌하고 기하의 험악한 눈초리가 결국 도진을 제압해버리는데, 이유는 잘 모르겠으나 기하가 도진을 깔아뭉개고 싶어 하는 건 틀림없다. 둘은 나보다 먼저 이 자리에서 만난 사이고, 전혀 친구로 안 보이지만 마주 앉아서 밥도 잘 먹는다.

"야, 지식인. 내가 체크한테 더스티 좋아하라고 강요하는 거 같냐?"

탁자에 팔꿈치를 올리며 기하가 웅얼거렸다. 어금니로 짓이기듯 말하는 폼에 도진은 입도 뻥긋 못했다. 싸움질하는 부류도 아니면서 지독한 면을 저렇게 드러내는 애가 기하다. 기껏 클럽에 놀러가는 문제로도 얼마든지 날카로워질 수 있는 애.

저런 애한테 기 잡히지 않으려면, 내 관자놀이 흉터는 아주 험악하게 얻은 것이라야 하고 손등의 흉터에도 동네 깡패쯤은 녹아웃 시켰을 정도의 스토리가 있어야 한다. 친구의 죽음에 얽힌 비겁한 흔적이거나 친구가 당한 끔찍한 일 때문에 얻은 치욕의 증거라는 사실은 철저히 감춰지는 게 낫다. 영원히.

"9시 50분에 블랙콜 앞에서 보자. 거기, 10시 전 입장은 무료야. 저쪽 뮤즈웨딩홀 지하 알지? 웬만하면 교복은 좀 벗고."

나는 피식 웃기만 했다.

"난 누굴 좀 만나고 가야 돼."

얘기가 다 됐다고 생각했는지 기하가 손가락으로 탁자를 리드미컬하게 두드리기 시작했다. 그러나 치즈 라면이 나왔을 때 나는 벌떡 일어났다. 병원에 불이 꺼졌다. 나는 가방과 도면 통을 한꺼번에 쥐고 밖으로 나왔다.

"야, 김무!"

기하의 갈라지는 목소리가 닫히는 문에 댕강 잘렸다. 우산을 놓고 왔다는 생각이 들었지만 돌아가지 않을 것이다. 다행히 비는 그쳤다.

아마도 이 구역에서 가장 시설이 좋을 피트니스 클럽까지 뛰다시피 와서 엘리베이터로 올라오는 데 20분쯤 걸렸다. 그가 와 있기를. 여기 하루 이용료가 라면 몇 그릇 값은 된다.

병원에 불이 꺼질 때를 기다렸다 여기 와서 그를 본 건 고작 두 번이었다. 내가 전철을 갈아타며 1시간이나 걸려서 화실에 오는 건 1주일에 두 번. 피트니스 클럽에서 그를 본 건 2주일 전 목요일과 지난 화요일뿐이었다. 벌써 마지막 주. 회원권 만료일이 며칠 남지 않았다.

어렵사리 들어온 곳이다. 분기별 등록 규정 운운하는 카운터를 설득하기도, 입이 떡 벌어지는 이용료도 만만치가 않았다. 학원비를 빼돌린 것도 모자라 엄마 서랍을 뒤질 수밖에 없었지만, 망설인 이유가 그것만은 아니었다. 그를 가까이서 보는 것 자체가 갈등이었다. 그러나 자석에 끌리는 것처럼 나는 실행했다. 마음먹은 것을 이렇게 빨리 과감하게 해치우기는 처음일 거다. 혹시 들킨다 해도 나는 엄마의 하나뿐인 아들이고 그 사실은 내가 막판에 써먹을 카드지만, 가능하면 엄마가 모르고 지나가기를 바랄 뿐이다.

사물함은 내 껍데기를 욱여넣기에는 너무 작았다. 책가방에 도면 통까지 들고 오는 고등학생에게 따로 주는 사물함도 없고 여벌로 속옷을 챙겨 올 입장도 아니라서, 여기만 오면 뭘 대단히 잘못하는 양 자꾸만 남의 눈을 의식하게 된다.

들어가면서 안을 훑어보았다. 그가 눈에 들어왔다. 순간 나쁜 공기 한 움큼이 쑥 들어오는 듯했다. 잘못한 것도 없으면서 나는 아주 조심스럽게 움직였고 자주 심호흡을 해야만 했다.

긴장한 탓에 힘을 쓰지 않아도 찐득하게 땀이 배어 나왔다.

그의 곁에는 오늘도 트레이너가 있었다. 배도 안 나왔고 근육도 제법 있는데 개인 트레이닝을 받을 만큼 자기 관리를 하는 남자. 키는 중간쯤. 175 정도 되겠다. 텔레비전에 나왔을 때와 달리 얼굴에 웃음기가 없고 무거운 기구를 이용할 때마다 이상한 신음소리를 낸다. 퇴근 후에 피트니스 클럽에서 '긍정적인 시간'을 보낸다더니 긍정적이라는 게 저런 것인가 보다.

멀찍한 데서 기구를 사용하며 집요하게 그를 스케치했다. 곁눈질로 거울로 때로는 정면으로. 절대로 그가 모르게. 이 피트니스 룸은 한 면만 창문이고 나머지가 다 거울이라 그를 훔쳐보는 건 어렵지 않다. 그러나 그만큼 상대도 눈치를 챌 수 있으니 거리를 유지해야 하고 적당한 시선 처리도 필요하다. 안 보는 척하면서 적당히 다 볼 수 있는 구조가 나한테만 유리한 게 아니다.

여기서 처음 그를 보았을 때 숨이 막히는 줄 알았다. 당연히 그는 나를 짐작도 못했다. 그런데도 눈을 어디에 둬야 할지 몰랐고 목구멍이 조여들어서 숨 고르기를 해야만 했다. 나한테는 차가운 피가 섞여 있어서 쉽게 진정될 줄 알았다. 그러나 예상과 달리 굉장히 당황했고 감정적이었고 가슴이 경련이 이는 것처럼 오그라들고 아파서 구석 쪽 기구에 앉아 오래오래 문질렀다. 눈물이 난다면 바로 그런 때일 것이다. 그러나 내 몸은 우는 법을 모른다. 그날 적당히 나를 추스르게 해준 이 증상은 일종의 내 껍데기다. 말귀를 알아듣기 시작했을 때부터 유전인자에 기생하게 된 지독한 보호막. 엄마가 철저하게 가르쳐준.

"엉덩이 좀더 빼고 앉아서, 등 똑바로 세우고."

랫풀다운을 잡아당기는데 트레이너가 내 어깨를 살짝 건드리며 지적해주고 지나갔다. 올바른 사용법을 배운 적이 없어서 자세가 엉성했던 모양이다. 나도 모르게 돌아보는데 하필 그와 시선이 마주쳤다. 익숙하기도 하고 낯설기도 한 얼굴. 나는 못 볼 것을 보고 만 듯 고개를 돌렸고 그도 나를 지나쳤을 뿐이었다.

"학생이 이 시간에."

중얼거리듯 흘린 말. 17년 만에 처음 그가 내게 한 말이 그거였다. 반토막짜리 영혼 없는 그 소리에 나는 한동안 정지 상태가 됐다.

나는 그가 어떤 남자인지 직접 한 번 보고 싶었다. 그저 호기심이었다. 학원비를 통째로 날리면서까지 이러는 게 잘하는 짓인지는 아직도 모르겠다. 분명한 건 그와 마주치거나 설사 몇 번을 보더라도 지나가는 행인처럼 무덤덤할 수 있다는 확신. 혹시 나도 모르게 심장이 변화를 일으킨다 해도 들키지 않을 것이다. 당황할수록 몸이 차갑게 식는 애가 나니까. 그런데 이건 생각 못했다. 무방비로 얻어맞은 기분. 그 반토막짜리가 목구멍에 돌멩이처럼 박혀버렸다.

그대로 샤워실로 가서 찬물을 뒤집어썼다. 극도로 긴장하거나 울고 싶을 때 내 몸은 비정상적으로 땀을 방출한다. 울어야 빠질 것들이 쌓였다가 온몸의 땀구멍으로 미친 듯이 삐져나오는 거다. 이나마도 안 되면 죽고 말겠지. 퉁퉁 불어서. 내 속이 온통 눈물바다가 돼서 심장을 절이고 피를 절이고 생각마저 절이다 끝내는 눈에 보이지도 않을 불행의 증거 하나만 화석으로 남기겠지.

분사되는 물줄기 아래서 나는 반토막짜리 말을 떨쳐내려고 몸뚱이를 문지르고 또 문질렀다. 그런데도 머리는 아주 또렷하게 움직였다. 어른이 되면 내 목소리에서도 그런 톤이 날까. 다리에 털이 많은 건 비슷하던데. 종아리 근육이 바깥쪽으로 발달한 것도, 하체가 단단한 것도.

샤워 꼭지를 잠그는데 그가 거울 속으로 들어왔다. 순간 심장이 뜨끔했고 나도 모르게 피하려 들었다. 그러다 샤워 꼭지를 꼭 쥔 채 거울 속으로 그의 뒤통수를 노려보았다. 다시 샤워 꼭지를 틀었다. 온몸이 마구 떨리기 시작했다. 이 상황은 정말이지 뜻밖이라 무섭기도 하고 아무 생각도 안 든다. 그저 도둑놈처럼 숨 쉬며 거울 속의 벌거벗은 그를 훔쳐보기만 했다.

등이 널찍하고 어깨 근육이 단단해 보인다. 물기가 미끄러지는 피부는 그가 얼마나 잘 먹고 살아왔는지 보여주는 것 같다. 소름이 돋았다. 저 단단한 어깨에 매달렸던 어린애는 내가 아니었고, 저 가슴이 안았던 여자는 엄마가 아니었다. 엄마는 몇 번이나 저 팔에 안겼을까. 설마 딱 한 번이었을까. 진짜 인스턴트처럼 그렇게. 건강 프로그램에 가정의학과 전문의 자격으로 패널석에 앉은 그를 보고 엄마가 넋을 잃었다가 화장품 병을 집어 던졌을 만큼, 한동안 끊었던 술에 빠져 울었을 만큼 아직도 엄마를 뒤흔들 수 있는 남자. 그 바람에 나는 나를 부정했던 존재를 찾아낼 수 있었고 여기까지 와 있다. 한 번도 물은 적 없지만 한 번도 잊은 적 없던 내 구성의 절반을 봐야만 해서.

한 번 돌아보시지. 거울 속으로라도 이쪽을 한 번 보시지그래. 부정의 결과가 여기 있는데 그렇게 못 알아보실 건가. 아까 나를 봤을 때 아무 끌림도 없었다면, 나 정말 불완전한 놈이네. 온전히 엄마 혼자서만 떠안았어야 마땅한 증거 불충분 열성인자. 아니 우성인자일 수 있겠다. 양쪽이 다 거부한 부정에 부정을 무릅쓰고도 이렇게 빳빳이 살아남은 걸 보면. 지금 내 속을 메스껍게 하고 있는 라면처럼. 인스턴트는 고분고분 소화되기를 거부한다. 되도록 오래 속을 긁어대며 버티다 기어이 후유증까지 남기지.

그는 끝내 내 쪽으로 눈길 한 번 안 주고 구석구석을 씻으며 가끔 근육을 만들어 거울로 확인해보곤 했다. 짐작은 했지만 꽤나 이기적인 데가 있는 것 같다. 자기 몸이 자랑스러운 건지 내가 뒤에 있다는 걸 의식하는지, 아니면 본래 과장하는 면이 있는지 몰라도 나이에 안 맞게 물을 튀기고 얼굴로 물줄기를 받으며 아아 소리까지 내니 상당히 역겹다. 방송에서 패널로 앉았을 때와 저렇게 다를까. 물소리에 뒤섞인 괴상한 공명이 거슬리기 시작했다. 들으면 들을수록 소름이 돋고 끔찍해졌다. 귀를 틀어막고 싶었고 도망치고 싶었으나 나는 벗어나지 못했다. 그저 손톱이 살 속으로 파고드는 줄도 모르고 쥐었던 주먹을 거울에 박았을 뿐.

거울에 금이 갔다. 뭐 그렇게 세게 치지도 않았는데. 모양만 그럴싸하지 부실하기 짝이 없는 시설이다. 머리카락을 움켜쥔 채 놀라서 돌아본 그의 얼굴이 조각난 거울에 얼비쳤고, 나는 거기에 겹치는 내 얼굴을 멍하니 보다 나중에야 물에 씻기는 피를 알아챘다. 선명하고 차가운 물방울처럼 생각 하나가 또렷하게 남았다. 이제 여기는 다시 못 오겠구나.

그가 먼저 나갔다. 내가 거울을 깼다고 알리러 갔나. 세상 무서울 게 없다는 10대라서 모르는 척 피해버리기로 했나. 치사하게 명색이 의사면서 다친 애를 그냥 두고 나가. 길거리에서 환자만 봐도 히포크라테스 정신을 보여줘야 하는 게 의사 아닌가.

어쨌거나 여기서 빨리 나가야 했다. 솔직히 겁이 났다. 이 비싼 피트니스 클럽에서 유리값을 싸게 부를 것 같지도 않고,

엄마나 학교에라도 연락하려 들면 골치 아파진다. 열일곱이면 충분히 컸다고 믿었는데 아직 아닌가 보다. 이 정도에 쫄다니. 별수 없다. 나는 문제를 일으켰고 책임지기 싫으면 도망치는 거다.

샤워실에서 나오다가 나는 멈칫했다. 빨래 통에 수건을 툭 던지며 그가 또 나를 본 것이다. 그리고 내 손을 보았다. 아주 잠깐이었지만 같잖아 하는 표정이 얼핏 느껴졌고 동시에 그 반토막짜리 말이 떠올랐다.

학생이 이 시간에.

공부 안 하고 여기 와서 말썽이냐고? 이러는 거 보니 앞날이 빤하다고? 아니면, 누구 자식인지 한심해 보이셨나? 수건으로 주먹을 감싼 채 나는 그를 빤히 보았다. 눈에 불이 당겨진 듯 확확했다. 똑바로 마주 볼 용기가 어디서 나왔는지 모르겠다. 그가 모르는 척해주기로 한 걸 감지하는 순간, 속에서 묘한 오기가 꼬여 올라온 것 같기는 하다. 피식 웃음도 났지만 웃지는 않았다. 나는 문제를 일으켰고 책임지기 싫으면 도망치는 거다. 방금 전 내 결론이다. 이거야말로 내가 그의 종자라는 증거 아닌가.

증거. 글쎄, 정말 그런가.

목격자의 묵인 덕분에 나는 천천히 물기를 닦고 젖은 수건을 빨래 통에 던질 수 있었다. 그가 그랬듯이 툭. 묘하다. 그의 묵인이 나를 뻔뻔하게 만들었다. 도망치기는커녕 아예 유리 갑옷을 차게 해주었다. 오래전 그날, 엄마도 그 사건을 묵인했다. 나를 위해 그랬을 테지만, 그 덕분에 나는 아직도 악몽을 꾼다.

방금 전 그가 던진 수건을 피 묻은 내 수건이 덮쳤다. 귀퉁이가 덜 젖은 채 여유 있어 보이는 그것에 비해, 내 것은 흥건히 초라하게 젖은 데다 핏자국이 선명했다. 눈에 띄어봐야 좋을 리 없다. 얼른 속으로 쑤셔 넣으려다 그의 수건을 보았다.

시시한 드라마에는 이런 게 꼭 있다. 그런 일이 그렇게 쉬운 거라면. 빤한 드라마처럼 진짜로 머리카락이 있었다. 그것도 꽤 여러 개.

잠결에 문자 알림 소리를 몇 번 들었다. 확인하지 않고 가물가물 짐작만 해보았다. 너무 피곤해서. 오늘 하루가 너무 길었다. 아주 먼 길을 돌아온 기분. 틈새에 간 게 어제 같고 학교 갔던 건 며칠 전처럼 아득하다. 생생한 건 조각난 거울에 겹쳐지던 그와 내 얼굴. 물소리와 뒤섞인 끔찍한 울림. 그리고 피. 소름이 돋았다. 아직도 손이 욱신거린다.

도대체 누가 나를 저렇게 찾아대는 걸까. 번번이 시간을 못 채우고 나오는 걸 경고하려는 화실 선생. 첫날부터 나는 도중에 나오는 학생으로 찍혔다. 미안하게 생각한다. 화실이야 핑계고 목적이 따로 있으니 어쩔 수 없었는데, 그래도 선생은 내게 호의적이다. 착한 반항아 같단다. 물론 나는 다른 어떤 것보다 그림을 좋아한다. 어쩌면 나중에 미술관의 큐레이터로 살아갈지도 모른다. 그러면 좋겠다. 큐레이터. 말부터 죽이지 않나. 사실은 뭘 알아서라기보다 전시회에서 그림보다 더 눈에 띈 큐레이터가 있어서 해본 생각이다. 세상에 그런 일자리도 있다는 걸 그날 처음 알았다. 어쨌거나 무사히 어른이 된다면.

반장의 모임 공지. 양로원 봉사활동 때 공연할 플래시몹 때문이다. 불특정 다수가 느닷없이 나타나 벌이는 것 같은 쇼에도 사실은 사전 연습과 약속이 있는 것이다. 더구나 반장은 봉사활동 점수에도 민감해서 누구 하나라도 빠져 자기 점수에 문제가 생길까 봐 늘 전전긍긍이다. 어쩌면 혜인. 저번에 다투고 나서 문자 한 번 날리지 않았다. 걔도 마찬가지였는데 아마 인내심이 바닥나서 먼저 지쳐버렸을 수도. 아, 기하. 더스티인지 뭔지 때문에 단단히 돌아버렸을 거다. 그래, 그 자식이라면 문자를 날리고도 남을 거다. 뭐가 단단히 틀어졌던데 문자 정도로 성이 차려나 모르겠다. 그래 봐야 자기 사정이지. 우리가 언제부터 친구였다고. 하지만 왠지 껄끄럽다. 뱉지도 삼켜지지도 않는 가래처럼. 뭐 상관없다. 어차피 더는 틈새에 가지 않을 것이다. 그를 안 보면 틈새도 끝이다.

아침에 확인해보니 윤이었다. 녀석이라면 더 볼 것 없다. 별것도 아닌 것을 맞춤법 안 틀리게 또박또박 보내는 애. 착한 애들은 이런 데서도 표가 난다.

"왜 그러고 다녀? 12시 넘어서 들어오면 내가 신경 쓰이잖아."

웬일로 엄마가 밥상을 다 차려주며 잔소리다.

나는 엄마가 있어도 알아서 차려 먹는 걸 당연하게 알고, 옆방에 있으면서도 전화로 말하는 걸 아무렇지 않게 생각하는 사람이 엄마다. 늦잠 잘 때는 그런 식으로 모닝콜도 해준다. 지금도 '엄마'라서 신경 쓰이는 게 아니라, 김난희인 '나'가 신경 쓰이지 않게 조심하라는 뜻이다.

"웬 미역국?"

"먹어둬."

"미끈거려."

"싫어도 먹어. 그게 원래 싫어도 먹어두는 거야."

싫어도 먹어둘 건 뭐람.

엄마는 1년에 한 번쯤 이런 억지를 부린다. 몸 상태가 나빠지면 특히 그러는데 요맘때가 그럴 즈음이다. 미역국이 생일을 의미한다는 것쯤 모르지 않는다. 그러나 그 증상이 가을에 주로 나타난다는 거 말고는 날짜도 일치한 적 없고 내 생일은 12월 끄트머리, 물론 엄마 생일도 아니다. 다만 막연히 내가 이맘때 태어난 게 아닌가 짐작할 뿐. 그게 사실일까 봐 이런 증상과 현상이 싫다. 엄마는 나를 두 번 버렸고, 낳자마자 출생신고를 안 했다는 것까지 확인되면 세 번이나 부정한 거다.

미역국에는 엄마도 나도 손대지 않았다.

"사무실 나가지 마."

커피를 마시던 엄마가 나를 힐끗 보았다. 그러다 피식 웃었다. 말해놓고 나니 괜한 소리를 한 것 같다.

"나쁜 애들이랑 어울리지 마."

먹던 게 목구멍에 걸렸다. 괜한 소리에는 괜한 소리가 답이라는 건가. 상당히 부담스러운 아침이다. 안아서 키워준 적도 없으면서. 이러면 내 피가 더 싸늘해진다는 걸 모르시나. 나는 고개를 처박고 꾸역꾸역 밥만 밀어 넣었다. 이런 상태로 더 먹으면 체한다는 걸 알지만, 먹는 게 중요했던 기억 때문에 숟가락질을 멈추지 못하는 습관이 나한테 있다. 시설에서 지낸 몇 년. 나의 첫번째 유배지에서 나는 먹어도 먹어도 배가 고픈 아이였고 먹고 토하기를 반복하는 골치 아픈 애였다.

"너, 울고 싶은 거지?"

말꼬리를 늘이는 게 왠지 장난스럽다. 정말 왜 이러나 싶어 엄마를 빤히 보았다. 볼이 움푹해진 게 진짜로 어디가 많이 안 좋은 모양이다. 요즘 보험 계약은 술로 하나. 허구한 날 취해서 들어오니 저러고도 남지.

"내가 우는 거 봤어?"

"안 울어도 알아. 얼굴이 퉁퉁 불었어."

숟가락을 탁 놓고 책가방을 짊어졌다. 엄마가 진짜 엄마처럼 굴면 어떻게 해야 할지 모르겠다. 그냥 엄마는 엄마대로 나는 나대로 지내는 게 우리가 안전하게 가족으로 사는 방법이다. 엄마는 나를 두 번이나 유배시켰고 나는 엄마를 용서할 시기를 놓쳐버렸다. 가족이어야 할 때 가족이 아니었기 때문에 이렇게 됐지만, 엄마도 나도 어쩔 수 없었다는 걸 안다. 그러나 머리로 이해하는 것과 가슴이 받아들이는 건 질적으로 다른 문제다. 이해는 해도 용서가 안 되는 걸 보면. 나는 엄마를 사랑하지도 미워하지도 않는다. 아니다. 사랑하게 될까 봐 신경 쓰이고 증오하게 될까 봐 겁이 난다. 엄마는 어떨지 몰라도 나는 기댈 곳이 여기뿐이다.

"학원 등록 안 했다며."

엄마가 중얼거리며 식어버린 미역국을 떠먹었다.

어떻게 알았을까. 보호자 번호를 아무렇게나 적었는데. 학교를 통해서 전달됐나. 학원까지 일부러 찾아갈 사람이 아닌데. 그걸 알고도 저렇게 차분할 건 또 뭐람. 정말 착한 엄마라도 될 작정인가.

"야. 그날, 내가 뭔 소리 했어?"

또 한 숟가락. 건성으로 숟가락질하며 엄마가 또 물었다.

이건 또 무슨 소리. 아, 그날. 텔레비전 박살 낸 날. 우리한테 '그날'로 공유될 건 그뿐이니까. 정신 줄 놓기 전에 그의 이름을 내게 똑똑히 심어주고도 생각 안 나는 모양인데 뭘 감지한 걸까. 어떤 빌미도 흘리지 않았는데. 들켜도 겁날 건 없지만 가능하면 몰랐으면 좋겠다. 이건 엄마와 상관없이 내 문제고 내가 시작했으니 내가 끝내면 된다. 어차피 피트니스 클럽에는 더 가기 어려울 거다. 그러고 싶지도 않고. 나는 내가 알아야 할 것을 알았고, 더 분명한 게 필요하면 진실에 접근할 수 있는 근거도 확보했다.

안경집의 머리카락들. 그거면 정확해질 것이다. 잠들기 전에 냄새를 맡아보았다. 단순한 호기심이었다. 한 사람의 모든 정보가 들어 있다면 그만의 독특한 냄새도 있지 않을까. 묘한 냄새가 나는 것도 같고 내 손가락 냄새인 것도 같았다. 진실을 확인하면 뭐가 달라질까. 달라질 수가 있을까. 나는, 뭔가 달라지기를 원하나. 모르겠다.

"학원 다녀."

"내가 알아서 해."

"나쁜 애들은 그때 그걸로 됐잖아."

엄마가 나를 슬쩍 보았다. 나도 모르게 찡그렸다.

처음에는 무슨 말인지 알아듣지 못했다. 그러나 곧 신경이 곤두서기 시작했고 엄마를 뚫어져라 보았다. 엄마가 말하고 싶은 요지는 간단했다. 나를 걱정한답시고, 하필이면 그걸 끄집어내서. 그날 이후로 엄마 입에서 처음 나온 말이었다. 뒤통수가 따끔거리고 가슴이 무겁게 내려앉았다. 그 일에 대해 저렇게 말해도 되나? 저토록 무심하게?

그때 그거.

혹시나 했는데 엄마도 잊지 않았던 것이다. 분명히 기억하고 있다. 어떤 식의 기억일까. 내가 사면동 그 촌구석 악동들 때문에 관자놀이가 찢어진 피해자였다? 영빈을 보호하려다 같이 철로 밑 수로에 처박혔다? 아니다. 엄마는 내가 가해자라는 걸 그때 분명히 알았을 것이다.

엄마를 견디기 어려운 이유 중 하나가 바로 그날 내가 한 짓을 엄마가 봤다는 것이다. 나를 뒤따라왔으니까. 그런데 보고도 묵인했다는 것. 그때는 너무 어렸고 무서워서 내가 한 짓이 뭔지 정확히 알지 못했다. 사실이 아닐 거라고 나쁜 상상일 거라고 믿고 싶었다. 같이 수로에 처박혔고 상처 때문에 얼굴이 퉁퉁 부어서 오래 아팠으므로 나도 피해자가 될 수 있을 것 같았다. 그러나 누가 어떻게 생각하든 진짜가 나한테 있다. 나 때문에 벌어진 일이라는 진실. 아무 일 없던 것처럼 덮이기를 간절히 원했고 엄마의 묵인이 나를 막아준 셈이었지만, 그래서 없어질 문제가 아니었다. 결코. 그랬다면 악몽 따위는 꾸지 않겠지. 여전히 나는 그날이 떠오르는 것조차 두렵다. 가끔은 이 모든 게 거짓말처럼 느껴지기도 했다. 그러나 곧 뼈가 아프게 인정할 수밖에 없었다. 시간이 지날수록 철이 들수록 분명해지는 죄의식 때문에 힘들었고, 엄마가 그걸 보고도 묵인했다는 게 악몽 같은 약점이 돼버렸다. 엄마가 잊어버렸든 기억하든 상관없이 그건 내 양심의 덫이었다. 나라는 애한테 양심이라는 게 있다면 말이다. 그런데 그걸 저런 식으로 꺼내다니.

"이제 와서 잘못되면 억울하잖아."

역시나 엄마는 옆방 가족으로 만족해야 될 사람이다.

나는 마른침을 삼키고 분명히 말해줬다.

"나쁜 애가 바로 나야."

"내 덕에 피해 간 줄이나 알아."

메마른 목소리가 신경질적으로 갈라졌다. 나도 모르게 어금니가 깨물어지고 얼굴에 경련이 일었다. 엄마한테 사정없이 뺨을 맞던 그날처럼. 속이 뜨거워지고 진땀이 솟구쳤다. 여기서 빨리 피하지 않으면 무슨 짓이든 할 것만 같다.

문이 부서져라 처닫고 뛰는 동안 등짝이 다 젖었다. 숨 고르기를 하고 또 하고. 이럴 때 울 수 있으면 더 빨리 안정될지도 모른다. 내가 우는 건 금기였다. 모두 싫어했고 무섭게 다그치며 막았다. 울면 밥 없다. 울면 네 엄마 안 와. 우니까 그 모양이지. 넌 울 자격도 없어. 내 인생을 망쳐놓고 울긴 왜 울어. 다 너 때문이야. 너만 안 생겼어도 그렇게 끝장나지 않았을걸. 태어날 때부터 징그럽게 울더니. 네가 울면 딱 그 자식처럼 보인단 말이야.

엄마를 공격하기 싫다. 아무리 원망스럽고 미워도 나한테는 유일하게 기댈 가족이다. 혼자가 어떤 것인지, 길거리 생활이 어떤 것인지 일찌감치 겪어봐서 무슨 일이 있어도 이 관계를 지켜야 한다는 걸 너무나도 잘 알고 있다.

볼륨을 최대로 키워 이어폰을 꽂았다. 감미로운 태주의 목소리에 지배당하는 순간이 내가 누릴 수 있는 최고의 행복으로 느껴질 때가 있다. 긴장을 누르고 나를 지켜야만 할 때, 그의 노래는 주문처럼 나를 다독이면서도 나 같은 애는 다가갈 수 없는 부류가 엄연히 있다는 걸 느끼게 한다. 꼭 혜인처럼.

윤의 문자를 보았다. 봐야 빤하다는 걸 알면서도.

자기를 기다리지 않고 가버렸다는 내용. ㅠㅠ이모티콘. 우리가 뭐 좋은 사이라고 녀석은 나한테 시시콜콜 이런 걸 다 보내는지 모르겠다.

도둑놈이 너 가만 안 둔대. 클럽에 지식인만 데려갔어. 나 무시하는 거 맞지? 어차피 가도 엄마한테 들키면 죽음이야. 셰프가 너 한 번 데려오랬어.

틈새에서 만난 애들 중에 그나마 정이 가는 건 윤뿐이다. 윤이 좋아서는 아니다. 녀석을 보고 있으면 심장이 움직이는 것 같다. 바보 같아서 안쓰럽고 바보 같아서 짜증 나고 바보 같아서 막 패주고 싶다. 그리고 영빈이 생각나서 피하고 싶다. 그런데 또 재미있다. 대한민국에서 욕을 가장 빨리 아주 잘하는 놈일 것이다. 최악의 재주에다 구제불능 병이다. 녀석을 처음 만난 곳도 '틈새'였다. 우연히 동시에 들어가는 바람에 원탁에 같이 앉게 됐다. 아저씨가 나를 윤의 친구인 줄 안 것이다. 앉자마자 윤이 내게 처음 한 소리가 씨바눈까리좆가치창새기 어쩌고 하는 욕이었다. 같이 앉았다고 성질내는 줄 알고 나는 엉거주춤 일어나면서도 어이가 없어 쳐다보았고, 윤은 놀라서 입을 틀어막았다. 연신 고갯짓으로 미안해하는 걸 보여서 그게 마음대로 안 되는 병인 줄 짐작은 했는데, 어찌나 황당하고 창피하던지. 정작 아저씨, 아줌마는 들은 둥 만 둥, 몇몇 사람은 그저 웃기만 해서 윤이 거기 단골이라는 걸 알았다. 곧이어 기하가 들어왔고 도진이 들어와서 우리는 그렇게 마주 앉게 됐다. 하필 그날따라 긴 탁자의 자리가 하나도 비지 않았던 것이다.

윤은 매일 저녁 셰프에게 간다. 요리를 배운다지만 주방에 잠깐 얼씬거리는 거고, 그럴 수 있는 건 녀석 부모가 아들을 위해 그런 기회도 잡아줄 수 있는 사람들이기 때문이다. 그러나 정작 윤은 거기로 가기 전 틈새에서 꼭 떡볶이를 먹는다. 기하는 누군가를 만나러 가기 전에 꼭 틈새에 들른다고 했다. 배가 든든해야 배짱도 생긴다나. 그 누군가가 누군지는 늘 비밀이고 그게 아르바이트와 관계가 있다는데 나는 한 번도 물어본 적이 없다. 뭐든 훔치는 자식이랑 뭘 공유해봐야 좋을 리 없을 테니까. 도진은 미국 고등학교 과정을 가르치는 학원을 끝내고 검정고시 학원에 가기 전에 틈새에 들렀다. 검정고시 학원은 알겠는데 미국 고등학교 공부를 도대체 어디서 누가 가르치는지는 모르겠다. 그런 게 진짜 있는지 뻥인지도 알 수 없다. 녀석 하는 걸 봐서는. 아무튼 도진은 다시 미국으로 가서 아이비리그에 들어가는 게 목표인 애다. 우리가 거기에 모일 수 있는 공통점이란 시간뿐이었다. 6시에서 7시 사이. 그렇게 우리는 틈새의 애들이 된 것이다.

"야, 김무."

교문 앞에서 혜인이 가로막았다. 눈초리가 심상치 않았다. 나는 그저 삐딱하게 혜인을 보기만 했다. 화내면 받아주고 때리면 맞아줘야 할 판이지만 나로서는 이게 최선이었다. 비위 맞추느라 쩔쩔매는 것 자체가 나한테는 수학을 만점 받는 것만큼이나 불가능이다. 우리가 다툰 이유도 혜인의 그때 기분을 맞춰주지 못해서였기 때문에, 그걸 또 걸고넘어진다면 할 말이 없을 터라 삐딱하게 방어막을 치고 나름 눈치를 보는 거였다.

"너, 진짜로 나 무시하더라."

표정 하나는 일진 못지않다. 이런 애가 공부도 잘하고 착하기까지 하다는 걸 누가 믿을까. 그리고 걸핏하면 운다는 걸. 나한테 먼저 사귀자고 했을 만큼 엉뚱하고, 자기가 그러자면 당연히 그렇게 된다고 믿어버리는 단순한 애. 나야 아이스크림 같이 먹고 영화도 같이 보자는 혜인이 싫을 까닭이 전혀 없지만, 혜인이 나와는 아주 먼 동네 애라는 걸 문득문득 느껴야만 했다. 꼭 태주의 노래처럼.

"미안. 나한테 일이 좀 생겨서."

"그놈의 일은 손가락에 생겼니? 끝장내려다가 누나가 참기로 했다."

느닷없이 혜인이 내 엉덩이를 걷어찼다. 치마가 펄럭 들려서 속옷이 보일 만큼 망신스럽게 킥을 날리고도 성에 안 차는지 목을 조이려고 매달렸다. 애들이 보든 말든 신경도 안 쓴다.

"주말에 시간 내. 일러스트 전시 있어."

"너는 뭐 그렇게 시시하게 사람을 봐주냐. 너무 쉽잖아, 여자애가."

"그러게. 너한테만 이런단 말이지, 내가."

"나한테만?"

"주말까지 물먹이면 알지?"

혜인이 손가락으로 목 베는 시늉을 하며 흘겨보았다. 그리고 이내 눈이 가늘어지도록 웃었다.

사람을 참 기분 좋게 하는 친구다. 자존심깨나 상했을 텐데 이 정도로 봐주니 고마울 따름이고. 혜인은 내게 처음인 좋은 여자다. 여자도 친구가 될 수 있고, 동갑이라도 누나 같을 수 있고, 어려도 엄마 같을 수 있고, 그러면서도 귀여울 수 있다는 걸 알려준 놀라운 애. 이런 애가 있어서 나는 가끔 착하게 잘, 무사히 어른이 되고 싶어진다. 분명히 나와 잘 지내보려고 찾아냈을 일러스트 전시회. 내내 딱딱해져 있던 속이 혜인 덕분에 풀어졌다. 그날 꽃이라도 사주고 싶다. 장미가 좋겠다. 빨간 장미.

주말은 상상도 못할 미래가 아니었다. 겨우 하룻밤 뒤에 맞을, 충분히 예측 가능한 일상적인 하루였다. 혜인과 일러스트 전시회에 가기로 했고, 약속 장소 근방의 꽃가게에 먼저 들를 참이었고, 양로원 봉사활동도 가게 돼 있는 고등학생의 평범한 날들 중 하루. 그랬다.

기하가 찾아오기 전까지는.

독

어쩔 수 없이 하게 된 플래시몹을 마지막으로 맞춰보고 돌아오니 7시가 넘어 있었다. 피자를 주문해놓고 그간 불성실했던 태도를 반성하는 차원에서 화실 숙제를 마무리하는 중이었다.

틈새는 안 가면 그만이고 '그'에 관한 것은 고민 중이다. 알고 싶었던 건 알았고 지금 상황으로는 더 가기 어려운데, 말끔하게 정리가 안 되는 이 불편한 속. 감정 때문도 아니고 그에게 나를 확인시킬 마음 따위도 없다. 그런데도 어째서 깨끗하게 접어지지가 않는지. 이유를 잘 모르겠는데 아무래도 그가 어디 있는지 알아버린 탓인 것 같다. 그러나 화실을 두고 고민하지는 않았다. 거기서는 내가 다시 만들어지는 기분이라서. 아무도 나를 모르고 선생도 호의적이고 그나마 재미있는 거고, 무엇보다 집에서도 학교에서도 멀다.

"진짜 유리라도 박힌 거야?"

주먹을 쥐었다 펴고 상처를 들여다보았다. 빨갛고 살짝 붓기는 했지만 상처도 작고 보이는 것도 없는데, 손을 쓸 때마다 뭐가 찌르는 느낌이다. 눌러보면 딱히 어디쯤인지도 모를 정도로 작은 게 어지간히 거슬린다. 기어이 곪으려나 보다. 원래 이렇게 눈에도 안 보이는 것들이 더 문제다.

인터폰이 울렸다. 당연히 피자가 온 줄 알고 버튼을 눌렀다. 그런데 한참 지나도 배달부가 올라오지 않았다.

좀 이상하다 싶을 때 다시 인터폰이 울렸다. 이번에는 화면을 보며 버튼을 눌렀다. 오래된 아파트라 모양만 인터폰이지 버튼 기능 말고는 잘 들리지도 않고 화면으로 얼굴 확인하기도 어렵지만, 일부러 큰 소리로 말도 해줬다. 밑에서는 들릴지도 모르니 이렇게라도 해야 된다.

"왜요? 문이 안 열려요?"

저쪽에서 알아듣기 바라며 다시 버튼. 잠시 서서 기다려보았다. 역시 아무도 올라오지 않았다. 내려가 보기로 했다. 배달부들이 이럴 때 엄청 열 받는 줄 아니까 아예 겸손하게 돈 바치고 받아 오는 성의라도 보이자 싶었다.

유리 현관문이라 엘리베이터에서 내릴 때부터 밖이 보이게 마련인데 당연히 있어야 할 배달 오토바이가 안 보였다. 그새 엉뚱한 집에다 주고 가버렸나 싶어 갸웃거리며 나가보았다.

뜻밖에도 기하가 있었다. 계단 구석에 쭈그려 앉은 채. 어디서 한바탕 뒹굴고 온 꼬락서니였다. 센 척하고 예민하게는 굴어도 싸움질은 모르던 애가 머리에 피가 엉겨 붙은 채 여기까지 온 것이다. 나는 녀석한테 집을 가르쳐준 적이 없다. 아마 어느 학교 다니는지도 말한 적 없을 거다. 그런 걸 나눌 만큼 오래 만나지도 않았고 누가 나에 대해 알기를 원치 않기 때문에. 여기까지 온 걸 보면 이 자식은 생각보다 나에 대해 많이 알아본 모양이다. 어쩌면 그 아르바이트라는 것도 단순히 뭘 훔치는 정도가 아닐지 모른다는 생각이 들었다.

"야. 너 여기 왜 왔어?"

팔을 붙잡아 일으키는데 구역질 나는 냄새가 확 풍겼다. 술에 토사물에 잡다한 오물에 몇 번 뒹굴면 적당히 이렇게 된다. 그나저나 이 꼴을 해가지고 여기는 왜 찾아왔을까.

"무…… 체크. 아, 무야……"

부은 눈을 간신히 뜨고 기하가 나를 보았다. 그리고 축 늘어졌다. 내 가슴팍으로 쏟아진 머리에서 찐득한 피가 문질러졌다. 나는 놀라서 물러났다가 쓰러지는 기하를 다시 부축했다.

머리를 다쳤다. 아직도 피가 난다. 내게는 지갑뿐이었다. 휴대전화도 없이 슬리퍼만 끌고 나온 길이다. 어디서 털렸는지 기하 주머니도 빈 채였다. 경비실로 달려가 봤지만 자리를 비운 상태라 기하를 들러업고 택시가 있는 곳까지 갈 수밖에 없었다. 쓰레기를 들고 나온 아줌마가 지레 경계하는 눈초리로 피하는 바람에 도와달라는 말도 못 붙였다.

덩치도 작은 게 어찌나 무거운지 몇 번이나 주저앉을 뻔했다. 피자 오토바이가 나를 지나쳐갔다. 불길한 예감이 밀려들었다. 왠지 가지 말아야 할 곳으로 끌려가는 것만 같은.

"아, 씨바. 뭐냐고!"

짜증 나서 미치겠다. 배고파 죽겠는데, 피자는 막 받았을 때 먹어야 제맛인데, 왜 내가 이런 놈 때문에 지금 이 시간에 이러고 있는지 돌아버릴 지경이었다. 도진도 밥맛이지만 나는 처음부터 이 자식이랑 생리적으로 안 맞았다. 싫었다, 아주.

택시 기사가 마뜩잖은 얼굴로 우리를 훑어보고 병원 응급실까지 실어다 주었다. 생각지도 못했건만 나는 기하의 보호자가 되어야 했고, 피 같은 돈을 다 털려야 했다. 그 정도로는 어림도 없어서 볼모처럼 남아줘야 했다.

의료진들은 나한테 별걸 다 물었다. 나도 이 사태의 한 놈쯤으로 여기는 듯했으나, 나는 기하의 신상에 대해 전혀 아는 바가 없었고 그런 시선이 억울할 뿐이었다. 관자놀이의 선명한 흉터가 그들에게 불온한 선입견을 주었다는 짐작은 했다. 이게 늘 걸림돌이다. 아무튼 나로서는 '안기하'라는 이름 말고는 말해줄 게 없었다. 녀석이 주가 조작이라고 뻥치는 알바를 한다는 건 할 소리도 아니고 더스티 멤버에게 꽂혔다는 것도 마찬가지. 하지만 진짜로 내가 이 자식에 대해 아는 건 그게 전부였다. 혹시 클럽에 갔다가 이 꼬락서니가 됐을까. 하지만 그건 어제였다. 윤도 그렇게 문자를 보냈다. 휴대전화라도 있으면 도진이나 윤에게 뭘 물어보기라도 할 텐데.

어느새 10시가 훌쩍 넘어버렸다. 휴대전화가 사람을 아주 멍청이로 만들었다는 걸 새삼 깨달았다. 기억하고 있는 전화번호가 전혀 없다니. 가까이 지내는 애들도 혜인도 심지어 엄마까지도 전화기가 없으니 연락 불가. 불친절한 변두리 병원은 신원불명 환자 대신 나를 담보로 잡았다. 혹시라도 몰래 도망칠까 봐 의심스러웠는지 학교, 전화번호, 이름, 생년월일, 집 주소까지 다 캐내서 적어두었다. 그런 것들이 나를 말해주는 단서였다.

응급처치를 받고도 기하는 정신을 차리지 못했다. 머리가 어떻게 됐을까 봐 물어봤더니 술이 안 깨는 거란다. 술 마시기에는 어린 몸이 만취한 거라 깨어나려면 시간이 좀 걸린다며 간호사가 시큰둥한 표정을 지었다. '술 마시기에는 어린 몸'이라는 말이 있는 줄도 몰랐다. 길거리에서 어울리던 형들은 허구한 날 마시고도 멀쩡히 잘만 깨어났다. 기껏해야 녀석 정도거나 더 어렸을 거다. 자식, 보기보다 곱게 자랐나 보다. 아무튼 간호사가 나까지 한심한 애 취급하는 것 같아서 굉장히 찝찝했다. 내가 혜인과 헤어지고 아무리 여자가 없어도 간호사랑은 절대 안 사귈 거라고 유치한 다짐을 다 했다.

밤이 깊어지자 한 명뿐인 의사는 어디로 갔는지 안 보이고 간호사는 집에 다녀오겠다는 내 말을 싹 무시했다. 친구가 깨어나는 건 보고 가야 되지 않느냐고 되레 충고다. 어차피 돈도 없고 버스도 끊겼고 걸어가기에는 너무 멀리 와버렸다. 저런 간호사한테 차비 좀 빌려달라고 하기도 싫고. 지독한 도둑놈한테 아주 더럽게 걸리고 만 것이다.

밤새도록 내 걱정은 내일 혜인과의 11시 약속이었다. 설마 새벽이면 깨어나겠지, 가족에게 연락만 되면 돌아가야지, 그 생각뿐이었다. 그런데 도무지 깨지를 않는 것이다. 내가 저랑 무슨 상관이라고 이렇게 볼모로 잡고 혼자서 늘어지게 자고 있느냐 말이다. 끔찍한 놈. 어떻게든 약속을 지키고 싶은데 그러지 못할까 봐 나는 수없이 절망하고 억울해하고 짜증이 났다. 몰래 도망가고 싶은 충동도 있었다. 이런 데서 몰래 나가는 거야 일도 아니다. 그러지 못한 건 나 때문이었다. 가족이 있는 집이라는 데서 교복을 다시 입게 됐을 때 다짐한 게 있었다. 나를 잘 지켜내자고. 다른 애들처럼 무사히 살자고.

내가 풀려난 건 다음 날 오전 10시가 넘어서였다. 기하가 깨어나고 자기 엄마 전화번호를 댈 때까지 나는 참을성 있게 기다려야 했다. 털린 돈이야 나중에 어떻게 되든 집에 가려면 차비라도 있어야 했기 때문인데, 얼굴이 하얘져서 유령처럼 달려온 녀석 엄마를 보고는 아무 말도 꺼내지 못했다. 게다가 녀석 엄마조차 자기 아들이 이렇게 된 게 내 탓인 양 쳐다보는 바람에 말도 붙이기 싫어졌다. 기하 엄마 역시 내 얼굴에서 가장 먼저 본 게 관자놀이의 흉터였다. 나쁜 놈이라는 명백한 표식처럼 나를 규정해버리는 흔적.

기하 엄마는 종잇장처럼 말랐고 듣지 않아도 사정이 얼마나 궁색한지 짐작이 됐다. 녀석 엄마한테는 이 상황이 도저히 납득이 되지 않는, 난생처음 일어난 일인 모양이었다. 싸움질은 아니더라도 분명히 어딘가 구린 데가 있고 결코 선량해 보이지도 않는데 집에서는 착한 아들인가 보다.

걸어서 가는 수밖에 없었다. 이미 약속을 지키기는 어려워졌다. 나중에 꼭 이 자식을 불러내고야 만다. 돈도 받아내고 분이 풀릴 때까지 작살을 내줄 거다. 시설 여기저기를 들락거리며 길거리를 굴러다니는 동안 나는 어떻게 싸워야 하는지 아는 애로 길들여졌다. 이런 놈한테 그 정도가 필요할까 싶지만.

"야, 체크."

입이 바짝 말랐는지 기하가 잡음처럼 말했다. 녀석 엄마는 간호사를 따라 나가는 중이었다. 머리는 붕대로 싸매고 얼굴은 퉁퉁 붓고 안 그래도 작은 눈까지 파묻히기 직전이라 내가 알던 놈이 영 아닌 것 같다.

“나중에 이자까지 쳐서 갚아라.”

알았다는 건지 통증 때문인지 기하가 눈을 끔뻑했다. 아직은 맞을 준비도 안 됐고 욕먹을 상황도 못 되는 놈이니 지금은 봐주기로 한다. 우리 집을 어떻게 찾아왔는지는 물어볼 필요 없다. 다시는 오지 말라는 경고를 먹여줄 거다.

“너, 해리라고, 아냐?”

혀가 꼬여서 느릿느릿 기하가 웅얼거렸다.

“뭐?”

“문, 해, 리.”

마른침이 삼켜졌고 등이 뻣뻣해졌다. 나는 기하를 빤히 보았다. 치명적인 주문처럼 그 이름은 순식간에 내 머리를 마비시켰다.

기하는 또 무슨 소리를 할 것처럼 입을 우물거렸다. 나는 돌아섰다. 그리고 뒤도 안 돌아보고 그곳을 떠났다. 온몸에서 진땀이 스멀스멀 삐져나오는 게 느껴졌다. 저 자식을 아는 체하는 게 아니었다. 어쩐지 예감이 좋지 않았다.

달리고 또 달렸다. 병원을 나와 거리를 정신없이 달리면서 보이는 것만 보고 들리는 것만 들었다. 떠오르는 기억도 생각도 막고 싶었다.

무슨 놈의 햇살이 아침부터 이렇게 환할까. 눈이 부셔서 똑바로 걷지를 못하겠다. 어제저녁부터 굶었고 잠도 못 잤으니 어지러울 수밖에. 괜찮아진 줄 알았는데 어지럼증이 도지고 만 것 같다. 어렸을 때는 쓰러지기도 했고, 너무 메스꺼워서 온종일 누워 있기도 했다. 누구는 비타민 부족이 원인이라 했고 누구는 애정 결핍, 봉사활동 왔던 의대생은 달팽이관의 문제라고도 했다. 그 말이 마음에 들었다. 비타민 부족이나 애정 결핍보다는 폼 나게 들렸고 의사가 될 사람이 한 말이라 믿음이 갔다. 애들한테 "귓속 달팽이관에 문제가 생긴 거야" 하면서 "어지러운 것과 달팽이는 비슷하잖아"라고 뻥치면 애들은 아, 하면서 나를 보는 눈이 달라졌다. 자기들에겐 없는 특별한 걸 가진 애로 봐주는 거다. 그것 때문에 나를 잠깐 맡겨진 부잣집 아이로 보는 애도 있었다.

기어이 몸이 휘청했다. 빈속이 쏟아질 것처럼 끓어올라서 헛구역질을 하며 골목으로 들어가 간신히 숨을 돌렸다. 오래된 지린내가 코를 찔렀다. 빨리 여기서 나가야 한다. 그런데 겨우 숨이 잦아들자마자 몹쓸 기억이 고개를 쳐들었다.

문, 해, 리.

심장에 마른 가지를 꼭꼭 꽂듯 기하가 그렇게 말했다.

몸속 깊은 데가 아프게 꿈틀했다. 아, 이러면 안 된다. 머리를 털고 벽을 짚으며 골목을 빠져나갔다. 썩은 내가 진동하는 이런 데서는 빨리 나가는 게 상책이다. 다른 공기로 숨 쉬고 싶다. 밝고 환하게 웃는 사람들이 살아가는 곳에서. 남들에게는 평범한 하루하루가 얼마나 부러웠는지 모른다. 그런 세상에서 평범한 아이로 살고 싶었다. 어떤 부모의 아이. 어떤 집에 사는 애. 놀이공원에 데려가고 크리스마스 때 산타클로스 이야기를 들려주고 생일날 케이크에 초도 꽂아주고 잘못하면 야단치고 보살펴주는 어떤 어른들의 아이.

혜인이 기다리고 있을 것이다. 이미 11시가 넘었을 테지만 1시간쯤은 화를 내면서도 기다려줄 것이다. 착한 애니까 틀림없이 그렇게 해줄 거다. 빨리 가면 된다. 집에 가서 전화부터 하고 사정을 설명하면 봐줄 거다. 옷은 갈아입어야지. 이런 몰골로 걔를 놀라게 할 수는 없다. 혜인은 나와는 다른 세상에 사는 순진한 애라서 몹시 겁먹을 거다.

택시를 세워 탔다. 기사가 목적지를 물으며 백미러로 나를 수상쩍게 살폈다. 위험한 짓이었다. 돈도 없이 택시를 타는 건 경찰서로 직행할 수도 있는 일이다. 아무리 침착하려고 해도 지금 나는 불안해 보일 것이고 피 묻은 행색은 충분히 의심을 살 만하다. 그러나 생각해보니 무서워할 이유가 없었다. 병원에 연락해보면 다 확인될 일. 그런데도 이 찜찜하고 불안한 기분. 가슴팍을 더럽힌 핏자국처럼 나를 함부로 건드리는 정체. 듣지 말아야 할 이름을 듣고 말았다. 그 때문이었다.

아무래도 도려내고 싶을 만큼 불쾌한 기억의 끄나풀이 건드려지고 만 것 같다. 거기에 사로잡히기 전에 혜인에게 가고 싶다. 나는 정신을 가다듬고 기사에게 최대한 정중하게 부탁했다. 택시가 아파트로 막 들어설 때였다.

"아저씨. 제가 지금 택시비가 없는데요, 잠깐만 기다려주시면 집에 가서 가지고 나올게요."

"뭐어?"

기사가 당장 돌아보았다. 택시가 순간 휘청했지만 기사는 한숨을 쉬면서도 운전을 계속했다. 여기까지 와서 나를 내려놔봐야 자기만 손해라고 판단한 모양이었다. 다행히 경찰서로 가지도 않았다.

"아저씨, 제 지갑 맡기고 올라갔다 올게요. 학생증이랑 학원등록증 들어 있어요. 5분, 넉넉잡아 10분이면 돼요."

"인마. 5분, 10분이면 돈이 얼만 줄이나 알아? 겨우 이딴 걸로 널 믿으라고? 내가 원, 별꼴을 다……"

"죄송해요."

병원에서 나를 붙잡아둔 방법을 써먹은 셈인데 나쁘지 않다. 진작 이럴걸. 그랬으면 약속도 지키고 그따위 소리도 안들었을걸. 까짓 학생증이 뭐라고 그는 빈 지갑을 담보로 잡았고 나는 쏜살같이 집으로 뛰어갔다. 문 앞에 '퍽큐'라고 휘갈긴 피자 가게 전단지가 떨어져 있었다.

긴장해서 번호를 잘못 누르는 바람에 요란한 경고음이 울렸고 당장 욕이 튀어나왔다. 나는 웃옷을 벗어던지고, 손에 잡힌 티셔츠에 목을 끼우고, 휴대전화를 주머니에 넣고, 안방 침대 옆 탁자를 뒤져 닥치는 대로 돈 챙기는 일을 거의 동시에 끝냈다. 그리고 총알같이 계단을 뛰어 내려갔다.

기다려준 시간까지 정확하게 계산하고 가는 기사를 향해 나는 꾸벅 인사를 했다. 그리고 또 택시를 찾아 뛰었다. 방금 전 내가 보낸 게 바로 택시였다는 걸 깨닫는 데 시간이 좀 걸렸다. 갈아입은 옷이 그새 또 흠뻑 젖었고, 어지럽고 속이 메스꺼웠다.

엄마에게서 전화 2통.

혜인에게서 전화 4통, 문자 8개.

반장에게서 전화 9통.

12시 58분. 늦어도 너무 늦었다. 전화를 걸었지만 받지 않는다. 당연하다. 나라도 안 받겠다. 그래도 계속 전화하고 문자를 보냈다. 하지만 약속 장소에 도착할 때쯤 소용없는 짓이라는 걸 깨달았고, 택시에서 내릴 때는 몸이 물먹은 것처럼 무겁기만 했다. 예상대로 혜인은 거기 없었다. 목 자르는 시늉이 현실이 된 것 같다. 벌이라도 받듯 나는 거기를 떠나지 못했다.

내게 다시 연락한 사람은 반장뿐이었다. 뭐라고 할지 빤해서 수신 거부로 막아버렸다. 내가 지금 할머니, 할아버지 앞에서 재롱부릴 처지도 아니고 애초부터 나랑 맞지도 않는 거였다. 혜인에게 어느 갤러리냐고 묻지 않은 게 후회가 됐다. 갤러리나 일러스트 전시보다 혜인과 어울리는 것에만 마음이 있었던 것이다.

서성대는 내내 일러스트 전시가 있는 갤러리를 검색해보았다. 휴대전화를 책상에 놓아둔 상태였기 때문에 배터리가 얼마 없어서 부지런히 손가락을 놀렸고, 삼청동 어디쯤에 있는 갤러리 한군데를 찾기는 했다. 혜인이 거기 있을 리 없다는 생각을 하면서도 가보기로 했다. 걔 역시도 일러스트 전시가 아니라 나 때문에 잡은 약속이었다는 걸 안다. 그래도 지금 내가 할 수 있는 최선은 그게 다였다.

멍청이. 그동안 왜 한 번도 어디 사는지 안 물어봤을까. 결국 삼청동까지 가는 동안 휴대전화 배터리가 죽어버려서 지도 검색이 중단됐다. 택시에 타자마자 주소부터 알려줬더라면. 배터리가 죽기 직전 엄마한테서 전화가 왔지만 몇 번 울리다가 조용해졌다. 나를 두르고 있던 보호막이 순식간에 사라지듯이.

모르는 길을 무작정 걸었다. 배터리 충전할 데를 찾지 못해서 지치도록 걷기만 했다. 내가 나에게 내리는 벌이었다. 걷고 또 걸을수록 내가 혜인과 멀어지고 있다는 생각이 들었다. 처음부터 다른 세상 애마냥 닿을 수 없는 거리감이 있었는데, 그게 드디어 사실로 받아들여지는 시간이기도 했다.

영락없이 다시 길거리 아이가 된 기분. 외롭고 배고프고 더럽고 초라하고 함부로 무시당하고 아무것도 아니던 그때, 철저히 혼자였던 그때가 자꾸만 떠올랐다. 다른 애들처럼 지내면서 다 괜찮아졌다고 믿었는데 내가 달라지는 건 불가능한 모양이다. 괜찮아지려고 노력하는 게 무슨 소용일까. 이렇게 끔찍하고 무거운 기억을 짊어지고 끝까지 살아낼 수 있을까. 무사히 어른이 되어 결혼도 하고 직업도 가질 수 있을까. 그러지 못할 것 같다.

그나마 주머니가 비지 않아서 돌아올 수 있었다. 삼청동에서 결국 난 길을 잃었다. 어디로 가야 하는지, 뭘 찾아야 하는지, 찾은들 뭘 어쩔 것인지 아무것도 알 수 없었다. 시간이 지날수록, 어두워질수록 혼란스러워졌고 어지럼증이 끝내 도지고 말았다는 걸 깨달았다. 나는 도저히 못 견딜 때까지 걷고 또 걸으면서 나에게 고통을 주었고, 덕분에 꿈틀거리는 오래전 기억을 막아냈다. 너무 지치면 머리도 마비되는 법이다.

"어쩌자는 거야?"

엄마가 피 묻은 옷을 내 얼굴에 집어 던졌다. 나는 사지를 뻗고 드러누워 버렸고 엄마는 자기가 하고 싶은 온갖 소리를 다 퍼부었다. 어렸을 때 나한테 해댄 모든 악담과 욕과 푸념이 다 쏟아졌던 것 같다. 내가 기억하는 건 기절하듯 잠에 끌려들어 가며 웃었다는 것. 나도 모르게 엄마를 좋아하게 됐나 보다. 이건 가장 나쁜 덫에 걸려들었다는 뜻이다.

깨어보니 어제 뻗은 그대로였다. 똑똑히 보라는 듯 피 묻은 옷이 얼굴을 반쯤 덮은 채였고 엄마는 이미 나갔는지 조용하다. 10시가 조금 넘었다. 천천히 일어나는데 온몸의 뼈가 우두둑 소리를 내며 맞춰졌다. 어지럼증이 좀 남아 있어서 나는 햇살이 창문 모양으로 들어온 걸 물끄러미 보며 멍하니 앉아 있었다.

잠은 묘한 약이다. 어제는 죽을 것 같던 일도 곰곰이 따져볼 여유를 준다. 기하가 다쳐서 찾아왔다. 그 자식과의 관계는 돈만 받으면 끝난다. 봉사활동에 못 갔다. 내가 대학 갈 것도 아니고, 나 없다고 점수 못 받을 놈 하나도 없다. 혜인과는 끝난 것 같다. 걔가 먼저 고백했고 어차피 난 그런 애 사귈 처지도 아니다. 해리. 문해리. 기하가 그 이름을 어디서 어떻게 들었는지 몰라도 신경 안 쓰면 된다. 걔가 무슨 일을 당했건 내 문제 아니다. 잊으면 된다. 까짓 거.

까맣게 죽은 휴대전화를 충전기에 꽂아두고 샤워를 했다. 뜨거운 물을 오래오래 받으며 씻고 또 씻었다. 이렇게 버려야 할 것은 버리는 거다. 핏덩이로 시설에 맡겨졌고, 위탁 가정에 머물다 어떤 할머니한테 보내졌고, 다시 그룹 홈으로. 엄마가 잠시 데려갔다가 기차역이 있는 사면동 촌구석 친척 집으로, 거기서 또 시설로. 옮겨 다니는 동안 나는 세상에 내 것이라곤 하나도 없다는 걸 알아버렸다. 이제라고 내가 뭘 가질 수 있을까.

"아!"

손등을 문지르다 움찔했다. 상처가 밤사이 눈에 띄게 부어올랐다. 도대체 이 속에 얼마나 독한 게 처박힌 걸까. 남들은 서로 등을 밀어주며 관계를 확인한다는 데서 겨우 유리 조각이나 얻어 오다니.

깨져버린 거울에 조각조각 나뉘어 비치던 그가 떠올랐다. 그때는 놀란 얼굴이었다. 몇 발짝 안 가서 재수 없게 바뀌어버린 이유가 뭘까. 나를 같잖게 여기게 된 이유. 끝내 모르겠지. 그런 식으로 다시 만날 일 따위 없을 테니까. 맙소사, 벌거벗고 대면이라니. 그때는 당황해서 생각조차 못했는데 그와의 거리가 고작 그거였다. 17년 동안 정체도 모르고 막막하던 거기까지. 고작 한 발짝.

욕실에서 나오는데 문자 알림 소리가 났다. 맨 먼저 떠오른 사람이 혜인이었다. 나는 천천히 물기를 닦고 옷을 입고 머리를 매만졌다. 시리얼에 우유까지 부었다. 신경이 온통 문자에 쏠려 있는데도 일부러 무시하고 나에게 집중했다. 어려서부터 몸에 밴 습관이다. 누가 비난할수록, 옆에서 싸움질이 벌어져도 나를 지키고 온전하게 버티려면 이게 최선이었다. 더욱 단단하게 안으로 웅크리기.

결국 시리얼을 다 먹고 나서야 문자를 확인했다.

별거 아니었다. 벌거벗은 채 이것부터 봤으면 얼마나 더 맥이 빠졌을까.

안기하 휴대전화 보관.

더스티.

이런 걸 돌려주려는 사람이 다 있다니. 일부러 훔쳐서 팔아먹기까지 하는 고가인데 착하기도 하셔라. 그나저나 뭐든 훔치는 도둑놈이 이걸 누구한테 털렸다는 게 재미있다. 원숭이가 나무에서 떨어진 건가.

'더스티'라는 글자에 눈이 멎었다. 설마 거기서 그 꼴이 됐을까. 아무리 밤무대라도 노래하고 연주하는 사람들이 깡패도 아니고. 그건 아닐 것이다. 애를 그 꼴로 만들고 전화기 챙기는 것도 말이 안 되고, 찾아가라고 연락까지 하는 건. 패싸움에라도 걸려들었나. 그것도 아니다. 클럽에 간 건 목요일이고 기하가 나를 찾아온 건 금요일이었다.

클럽. 아무리 단속해도 고등학생이 그런 데 가는 거야, 뭐. 하지만 만취한 데다 머리가 깨질 정도의 사고는 보통 일 아니다. 나는 물론이고 길거리 형들도 클럽에는 가보지 못했다. 어리고 돈도 없었지만 꼬락서니부터가 입장 불가였기 때문이다. 그래도 뮤지션과 관객의 자리가 엄연히 구분됐을 거라는 정도는 상식적으로 안다. 그들과 기하가 따로 만나지 않았다면 전화기 문제가 생길 리 없는 것이다. 하지만 기하는 그런 말을 한 적이 없다. 만약 눈곱만큼이라도 아는 사이였다면 절대로 감추지 않았을 거다. 혹시 전화기와 사고가 전혀 상관이 없는 게 아닐까.

“젠장!”

머리를 털어버렸다. 무슨 상관이람. 그런데 왜 이런 연락이 나한테 올까. 저장된 번호 중에서 골랐다고 해도 녀석 식구나 학교 친구도 있을 테고, 같이 갔던 도진, 분명히 윤 번호도 있을 텐데.

머리가 지끈거렸다. 이 잡생각에서 벗어나자면 다른 게 필요했다. 나는 열심히 스팸 문자를 손가락으로 넘기며 눈을 사로잡을 게 없나 뒤적였다. 혜인. 그 애 흔적이 보고 싶었다. 충분히 냉정해졌음에도 마음 한구석이 여전히 혜인을 놓지 못하고 있는 것이다. 절대로 내가 먼저 연락할 리는 없다. 자존심 때문이 아니다. 안 되는 것에는 포기가 빠를 뿐.

나도 모르게 눈썹이 꿈틀했다. 더스티에게서 온 문자가 또 있다. 어제 두 번. 방금 전 하나. 복사해 보낸 것처럼 같은 내용. 뭐지. 왜 하필 나일까. 신경 쓰인다. 꼭 나더러 와서 가져가라는 것 같다.

도진과 윤에게 문자를 보냈다. 윤이 즉각 답을 보냈는데 기하 전화기는커녕 기하가 어떤 상태인지도 모르는 것 같았다. 또 셰프 얘기뿐이다. 다음 주 화요일에 자기랑 같이 가자고. 셰프가 새로 만든 메뉴를 테스트해달라고 했다나. 셰프라니. 고급스러운 놈. 이런 애가 왜 나를 좋아하는지 모르겠다. 영빈도 나만 따랐다. 독인 줄도 모르고.

도진은 답이 늦었다. 그날 검정고시 학원 때문에 클럽에 가지 않았다며 자기는 그런 식으로 낭비하는 삶과 거리가 머네 어쩌네…… 결론적으로 기하 상태를 모른다는 거였다.

더스티. 내가 아는 영어 단어와 같은 거라면 '먼지투성이'라는 뜻이다. 밴드 이름으로는 아주 별로다. 튀어도 모자랄 판에 먼지투성이라니. 그러니까, 기하가 빠졌다는 멤버는 먼지투성이 소녀. 얼핏 본 초대권 이미지가 생각났다. 문신처럼 화장한 얼굴이 꼭 단체관람 갔던 연극의 배우 같았다. 슬픈 연기를 무표정하게 하는 희극배우. 사실은 그보다 화장이 요란했던 것 같다. 멤버들 중에 유독 눈에 띄었으니까. 그런 애들의 연락이라니. 궁금하기는 하다.

전화기 전원을 끄고 그림을 폈다. 한동안 더스티의 문자가 머리에 맴돌았지만 그림에 집중하는 동안 깨끗하게 사라졌다. 그리고 이내 편안해졌다. 정직하고 단순해지는 이 평화가 나는 좋다. 내가 이런 걸 한다는 것 자체가 좋고, 나한테서 이렇게 섬세한 선과 느낌이 나오는 게 신기하다. 이제껏 해온 것 중에 가장 나은 일. 나를 무사히 살게 해줄 것 같은.

아침 내내 엄마는 한마디도 안 했다. 말은커녕 아예 없는 사람 취급이다. 피 묻은 옷도 궁금할 테고 내가 돈에 손댔다는 것도 모를 리 없고 어쨌거나 외박도 했는데 말이다. 하다못해 마주 앉은 밥상에서 검붉게 부어오른 내 손을 봤을 텐데도 눈길 한 번 안 주었다. 하긴, 우리는 여태 이렇게 지내왔고 이게 나도 편하다.

교실로 가면서 안경을 고쳐 썼다. 내 시력은 정상이다. 그래도 검은 테 안경을 쓰는 건 관자놀이 흉터를 가리기 위해서다. 감쪽같이 가려지지 않아도 사람들이 흉터부터 보는 경우가 적고, 반듯한 학생으로 봐주는 효과도 좀 있다. 우수한 학생은 못 돼도 최소한 튀는 행동이나 문제 행동은 하지 않는다. 내신이 전부고 어느 대학에든 꼭 가야 하는 애들과 달리 내 목표는 무사히 고등학교를 졸업하는 것. 초등학교도 중학교도 워낙 너덜너덜하게 겨우 끝내서 이번만큼은 잘하고 싶었다. 엄마가 나를 다시 찾아오고 같이 살자고 했을 때 나는 다짐이라는 걸 했다. 무사히 잘 살아내자고.

혜인이 먼저 눈에 들어왔다. 오늘따라 유난히 하얘 보인다. 이렇게 보니까 키도 크고 머릿결도 반짝이고 교복도 좋아 보이고 가방도 비싼 메이커 같고. 아무튼 나랑은 뭐 하나 어울리는 게 없다.

혜인이 단짝이랑 팔짱을 끼고 내 쪽으로 걸어오는 걸 보고 나도 모르게 얼어버렸다. 인사를 할까 말까 망설이다 어정쩡하게 손을 들고 말았는데, 단짝이 나를 흘낏 쳐다봤을 뿐 혜인은 눈길도 안 주고 지나갔다. 온몸이 빨개지는 기분이었다. 시설에서 남의 팬티를 훔쳐 입었다가 벌거벗겨졌을 때도 이렇게 무안하지 않았다.

온종일 나는 혜인 근처를 맴돌았다. 뒤통수나 옆모습을 물끄러미 보기도 하고, 웃는 소리를 귀담아듣고, 일어나서 영어책 읽을 때는 색깔 펜으로 단어에 밑줄도 긋고, 모의 총회 시간에는 무조건 혜인을 위해 손뼉도 쳤다. 알아주든 말든 그게 내가 할 일 같았다.

종례 중에 담임이 나를 지목했다.

"김무. 다친 친구를 응급실까지 데려갔다고? 바람직한 일이긴 한데, 혹시 직접 관계가 있는 건 아니지?"

당황스러웠다. 병원에서 저런 고자질도 하나. 모두의 시선이 내게 쏠렸고 나는 무심코 혜인을 보았다. 내 상황이 어느 정도 전달됐기를 바랐는데 혜인의 싸늘한 표정은 나를 슬쩍 보고는 끝이었다. 나는 입술을 힘껏 안으로 말아 깨물면서 담임의 말을 곱씹어보았다. 어쩐지 담임은 안경에 가려진 관자놀이 흉터를 주의 깊게 봤을지도 모른다는 생각이 들었다.

교문 앞에 있다가 혜인을 막아섰다. 화난 것 같지는 않은데 표정이 아주 차갑다. 얘한테 이런 얼굴도 있었나 싶게 낯설다.

"설명해줄게."

"됐어. 충분해."

혜인이 너무나 간단히 냉정하게 나를 거절했다. 뭐가 충분하다는 건지 모르겠지만, 나야말로 혜인과의 모든 관계가 거기까지라는 걸 깨닫기에 충분한 말을 듣고 말았다. 친밀한 대상과 거리를 두어야 할 대상에게 철저히 다른 태도를 보일 수 있는 또 한 사람이 하필 혜인이라는 경험은 겪지 말아야 할 일이었다. 그러나 이렇게 되고 말았다. 게다가 그 애는 내 앞에서 반장에게 장난을 걸었다. 나한테 그랬듯이 놀리고 발길질하고 어깨에 팔도 걸치고.

손바닥으로 입술을 아프게 문지르며 거기를 벗어났다.

그래. 거기까지.

혜인도 결국 마찬가지였다. 내 사정이나 설명 따위가 조금도 중요하지 않은 이런 경우가 어디 한두 번인가. 내가 아주 싫어하는 놈이 하필 머리가 깨져서 찾아온 사정에 대해, 간밤에 옆방 형이 보던 성인잡지가 내 가방에서 나온 문제에 대해, 위탁 가정의 친아들이 엄마 지갑에서 돈 훔치는 걸 보고도 묵인했다가 결국 도둑 누명을 썼던 일에 대해, 어떤 남자한테 시집가려고 나를 사면동 촌구석에 또다시 버린 엄마 때문에 내가 얼마나 절망적이었는지에 대해 나는 제대로 설명한 적이 없다. 그럴 기회조차 없었다. 내 설명이나 사정이 전혀 중요하지 않은 사람들에게 내가 뭘 어떻게 할 수 있을까.

화나고 울고 싶은데 울 수가 없어서 또 진땀이 나기 시작했다. 나는 겨우겨우 숨을 고르며 괜히 휴대전화를 들여다보았다. 손이 떨려서 글자가 잘 안 보였다. 그러다 더스티 문자에 시선이 멎었다. 내친김에 통화 버튼을 눌렀다. 다만 핑계가 필요했을 뿐인데 무심코 던진 낚싯줄에 멍청한 고기가 낚인 것처럼 저쪽에서 남자 목소리가 들려왔다. 딱히 할 말을 못 찾는 사이에 저쪽에서 여보세요, 소리를 몇 번이나 했다.

"저기, 문자 보내셨죠? 안기하 휴대전화."

"아! 그랬지, 그랬어."

대뜸 반말이다. 실실 웃는 것도 같고. 거슬리는 소리를 참고 듣자니 얼굴에 벌레가 기어가는 것처럼 경련이 일었다. 괜히 걸었다. 머릿속이 뒤엉켜서 쓸데없는 짓을 하고 말았다.

"어떤 친군지 진짜 궁금하다."

또 웃음.

친구. 어떤 친구. 뭐가 궁금해?

나를 두고 웃는다. 내가 지금 개떡 같다고 우스운가. 여자친구가 무시한다고 알지도 못하는 것들까지 웃어?

속이 뒤틀려서 휴대전화를 패대기치고 말았다. 몇 조각으로 작살난 전화기가 내 멍청한 짓을 당장 확인시켜주었다. 혜인. 가볍게 털어버려도 될 줄 알았던 그 애가 여동생과 누나 그리고 엄마까지 데리고 떠나버렸다는 걸. 난생처음 가진 비싼 스마트폰까지.

아무리 간절해도 돌이킬 수 없는 것들이 있다는 걸 나는 너무 일찍 알아버렸다. 거기에 이렇게 또 하나가 보태졌다. 돌아보니 내가 아는 애들은 다 어디로 가고 아무도 보이지 않는다. 속이 텅 비었다. 설마 나도 혜인이 좋았을까. 누구를 좋아한다는 게 이렇게 시시하다니. 영화도 뮤직비디오도 전부 다 구라. 아니면 좋아한 게 아니었거나.

전철을 탔다. 망가진 휴대전화를 만작거리며 이제는 자주색으로 변해버린 상처를 잠자코 들여다보았다. 만져보니 뜨듯하게 열까지 난다. 이러다 가운데가 노랗게 변하면서 근지러울 테고, 그때 짜내면 원인은 처리된다. 이 정도 사소한 상처는 흉터도 없이 아물 것이다. 손등에 선명한 체크 모양의 이 흉터는 뼈가 보였을 만큼 깊게 찢어지고 남은 흔적이다. 그때는 손가락 두 개가 아예 부러지는 줄 알았다. 어린애한테 곡괭이를 집어 던졌을 만큼 미친 그 늙은이.

소름이 쫙 돋으며 퍼뜩 정신이 들었다. 마침 문이 열려서 도망치듯 전철에서 내렸다. 또 쓸데없는 생각에 빠질 뻔했다. 고작 여자 친구 하나 잃은 걸 가지고. 개보다 더한 것도 잃고 또 잃으면서 살았는데.

지하도에서 나오니 화실과 틈새 중간쯤. 올 데가 여기뿐이라는 게 씁쓸했다. 그나마 화실에는 가는 날도 아니고 그림도 안 가져온 터라 틈새로 가는 수밖에 없었다. 마치 결정을 기다리기라도 한 듯 위가 꿈틀거리기 시작했다. 고픈 건지 아픈 건지 위 통증이 점점 심해져 뭐든 먹어야 했다. 틈새는 한 끼 때우러 온 사람들로 가득했고, 마침 긴 탁자의 자리 하나가 남아 있었다.

원탁을 차지한 젊은이들이 유난히 시끄러웠다. 저번에 본 여자애도 끼어 있는데, 잠자코 김밥만 먹고 있지만 분위기가 그들과 일행인 것 같았다. 나도 모르게 원탁 쪽 창문을 보느라 여자애와 눈이 마주쳤으나 걔가 이내 고개를 돌렸고, 내 신경도 창문 너머에 쏠려 있어서 건성으로 보아 넘겼다.

라면을 끼적이며 부어오른 손등을 보았다. 금방 곪을 것 같다. 그러면 터뜨릴 수 있고 이 상처도 끝. 어느새 바깥이 어둑해졌다. 곧 건너편 건물에 불이 꺼질 것이다.

벌떡 일어나 틈새를 나왔다. 계산하는데 원탁의 젊은이들이 나를 보는 게 느껴졌다. 무심코 본 것과는 다른, 흥미로운 뭔가를 발견한 듯한 껄끄럽고 부담스러운 시선. 이런 건 똑바로 보지 않아도 알 수 있다. 얼굴에 라면 가닥이라도 붙었나 싶어 쓱 문지르고 길을 건넜다.

불안하고 머리가 무거웠다. 뭘 어쩌겠다는 건지 나 자신도 알 수 없었다. 그냥 부딪쳐보고 싶었다. 그가 어떤 얼굴일지 구경이 하고 싶었다. 핑계는 충분하다. 의사가 봐야 할 손등. 이보다 더한 상처도 혼자서 감당한 적 많지만 의사가 코앞에 있는 상황 아닌가. 더구나 이 상처에는 그의 몫도 있다. 그가 전혀 모른다고 해도.

진료가 거의 끝날 시간인데도 대기 중인 환자가 아직 몇 명 있었다. 피곤해 보이는 간호사들은 무표정하게 환자 이름을 부르거나 기계적으로 처방전을 내주었다. 간호사 중 하나가 나를 보고는 단조로운 말투로 말했다.

"학생. 오늘 진료는 끝났는데."

잠시 주춤했지만 나는 그렇게 말한 간호사를 빤히 보는 것으로 나 자신을 추스르고 안으로 들어섰다. 앉아 있던 중년 환자가 거들어줬다.

"아픈 게 어디 진료 시간 딱딱 맞춰서 맘대로 되나."

말해놓고 나니 겸연쩍었는지 허허 웃고 헛기침 한 번. 아무도 대꾸가 없자 그 환자가 실없이 또 나섰다.

"원장님 방송 나오고 나서 환자가 부쩍 늘어난 거 같어. 나 같은 회사원이야 진료 시간 늘어나서 다행이지만, 아가씨들은 퇴근 시간이 늦어지겠어."

"아가씨 아니고, 간호사거든요. 안으로 들어가세요."

간호사의 깐깐한 반응에 중년 환자가 뚱한 얼굴로 일어나더니 너 때문이란 듯 나를 스윽 보고 진료실로 들어갔다. 표정 관리하며 최선을 다하고 있지만 저 간호사는 오늘 하루가 꽤나 힘들었나 보다. 말에 짜증이 반이다.

"학생. 여기 주민번호랑 이름. 이 병원 온 적 있어요?"

"아뇨."

대기자 명단 끝에 이름을 적자 간호사가 컴퓨터로 내 신원을 확인했다. 그리고 나를 한 번 쳐다보았다. 저런 반응도 이제는 무덤덤하다. 한 부모 가정. 그나마 흔해빠진 성씨인 걸 고마워하라고 엄마가 말한 적 있다. 희귀한 성씨였으면 남들이 더 빨리 눈치챘을 거라나. 중3 때 담임이 얼마나 집요하게 물고 늘어졌는지 알지도 못하고. 차마 그 저질스러운 면상을 칠 수가 없어 책상만 걷어찼는데도 정신이 쏙 빠지게 얻어터졌다. 담임의 호출까지 엄마가 무시하는 통에 내 중학 시절의 마지막은 아주 화려했다.

보통은 간호사가 먼저 어디가 불편한지 묻는다. 너무 피곤해서인지 간호사는 아무것도 묻지 않았다. 먼저 온 환자들이 진료실에 들어갔다 나올 때마다 손바닥이 진땀으로 미끈거렸다. 그도 내 차트에서 '김난희'라는 이름을 보게 될까. 그 이름을 기억할까. 그 바람에 나를 알아보게 될까.

"들어가요."

말이 떨어지기가 무섭게 나는 일어났다. 동시에 뒤가 당겨지는 것처럼 뻐근했다. 진료실로 가는 건 크게 한 번 숨이라도 들이마셔야 하는 일이면서, 결국 피할 수도 없게 된 일이었다. 나는 진땀으로 끈적거리는 손바닥을 허벅지에 문지르며 천천히 들어갔다.

그는 방금 전 환자의 기록을 정리하느라 컴퓨터를 들여다보고 있었다. 그러다 그의 시선이 나를 지나쳐 밖을 향했다.

"오늘 이 환자가 마지막인가요?"

몹시 피곤해하던 간호사가 친절하게도 안에까지 와서 알려주었다.

"네. 그리고 치과 원장님 내려오셨어요."

그가 안경 너머로 나를 보았다. 안경을 쓰는 줄은 몰랐다. 의사 가운이 사람을 저렇게 달라 보이게 하는구나. 샤워실에서 갑자기 마주쳤을 때와는 모든 게 달랐다. 나는 쓸데없이 긴장했고 혹시라도 그가 내 숨소리를 알아챌까 봐 무척 신경이 쓰였다.

“어디가 불편하지?”

그가 컴퓨터와 나를 번갈아 보며 물었다. 나는 그가 이미 관자놀이의 흉터를 보았다는 걸 느꼈다. 목소리는 다정하다. 환자를 항상 이렇게 대하는지, 내가 샤워실에서 마주친 학생이라는 걸 알고 저러는지 헷갈린다. 나는 잠자코 탁자에 손을 올렸다. 그는 이번에는 나를 보고 상처를 들여다보았다. 그리고 내 손을 잡았다.

촉수가 건드려지기라도 한 듯 온몸이 움찔했다. 유치하게도 손이 파르르 떨리고 있었다. 그가 피식 웃었다.

“겁먹었나? 애도 아니면서 뭘.”

그는 간호사를 불렀고 노련하게 상처를 처치했다. 긴장한 탓인지 곪을 대로 곪아서인지 그의 전문성 때문인지 나는 아픈 줄도 몰랐다. 어쩌면 닿을 정도로 가까워진 그의 이마, 머리카락, 비누 냄새, 낮은 음성 따위에 신경을 빼앗긴 탓인지도 모른다.

여지없이 손바닥에 진땀이 났고 그가 중얼거렸다. 다한증인가. 그러더니 옆에 있던 휴지를 꾹 쥐었다가 놓았다. 구겨진 휴지를 보는데 머릿속에 날카로운 바늘이 곤두서는 듯했다.

“주사 맞고 가요. 항생제 처방할 테니까 잘 먹고, 이틀 뒤에 보자고.”

그가 컴퓨터에 기록을 하며 덤덤하게 말했다. 그러니까, 그가 환자를 대하는 태도는 대략 정해져 있고 지금도 예외는 아니었던 것이다. 나는 엉거주춤 일어나 거즈가 붙은 손을 보고 그를 슬쩍 돌아보았다. 그가 미간을 찡그리며 나를 다시 보았다.

"우리, 어디서 본 적 있나?"

순간 나쁜 공기가 훅 들어오는 것 같았다. 나는 그대로 진료실을 나와버렸다. 감당 못하게 속이 답답했다. 무슨 생각으로 여길 왔을까. 혹시 나도 모르게 뭘 기대했을까. 의례적인 처치 말고는, 샤워실에서의 일도 기억하지 못하는 사람이다. 태풍의 근원이 나비의 날갯짓이라더니, 내가 이렇게 함부로 뒤흔들려도 태풍의 근원은 저토록 조용하고 무사하다.

대기실 의자에는 그새 여자 셋이 들어와 기다리고 있었다. 사립학교 교복 차림의 초등학생 여자애들과 한눈에도 여유가 넘치는 아줌마. 나는 당황해서 시선을 피했다. 그들이 누구인지 본능적으로 알아차리고 말았다. 아니나 다를까, 치과 원장일 그 아줌마가 진료실로 가며 투덜거렸다.

"당신, 진료 시간 원상 복귀시켜. 우리를 자꾸만 기다리게 하잖아. 간호사들도 힘들고."

"학생, 이쪽으로."

간호사가 먼저 주사실로 들어가며 말했다.

나는 뒤도 안 돌아보고 병원을 빠져나왔다. 여자애들이 놀라서 쳐다보고, 간호사가 부르고, 처방전 어쩌고 하는 소리가 어지럽게 뒤통수에 들러붙었지만 도망치는 것 말고는 할 게 없었다.

먼지

휴대전화 없이 1주일.

나 스스로 유리방에 갇혔다. 사방이 트여 있으나 결코 열리지 않을 유리 보호막 안에서 나는 아무와도 소통하지 않았다. 누가 알아채려고도 하지 않아 마치 투명인간처럼 겉돌았고 무중력 세상의 외톨이가 된 듯 내 걸음조차 느껴지지 않을 때가 많았다. 자주 숨이 막혔고 울고 싶었고 실제로 말라갔다.

학교에서도 집에서도 길거리에서도 나는 아무것도 아니었다. 오죽하면 이름마저 '무'일까. 재주 많으라고 이런 이름을 붙여줬다고는 했지만 엄마 같은 사람이 나를 두고 진지하게 고민했을 리 없다. 애들은 소 울음소리로 나를 놀려댔고 선생들도 처음 본 내 이름을 그냥 봐 넘긴 적이 없었다. 어떤 애는 아예 자기 마음대로 지어 불렀다. 무보다는 뮤가 더 좋아. 너도 좋지.

내가 부정의 증거라는 걸 알지만 그게 어디 내 탓인가. 드라마 같은 사랑에 빠졌다고 믿은 열일곱 살짜리 여자애와 무책임했던 대학생이 저지른 잘못이었다. 그런데 어째서 그 벌을 고스란히 내가 받아야 하나. 그들은 뭘 잘못했는지 돌아보지 않는다. 내가 매 순간 어떤 벌을 확인하며 사는지 관심도 없다.

아무리 억울해도 아무것도 달라지지 않을 거라는 절망감이 나를 붙잡았다. 그런데 한편으로는 이상한 환상이 자라났다. 나를 두르고 있는 유리벽에 보이지 않는 플러그가 대기 상태로 꽂혀 있다는 근거 없는 믿음. 감상적이지만 어쨌거나 거기 기대서 유리방을 견뎠다. 수리 맡긴 전화기가 살아나면 환상이 먼지처럼 흩어져버릴지도 몰라 차라리 유리방에서의 칩거를 기꺼이 견디기로 했는지 모르겠다.

엄마는 나보다 내 손에 독이 퍼지고 있는 걸 노려보는 중이다. 나는 나 때문에 날마다 무너지고 있는 엄마를 느끼면서도 무시하고. 혜인이 뭔가 말하려는 듯 쳐다본 적 있지만 고개를 돌리지 않았다. 그 애를 무시하기도 다시 돌아보기도 쉽지가 않다. 뭐든 한 번 꼬여버리면 도대체 어떻게 해야 할지 모르겠다. 또박또박 눌러 보냈을 윤의 문자. 보나마나 하루에 한 번씩 뭐든 보냈을 거다. 그리고 어쩌면 더스티. 그사이 어떻게든 기하가 휴대전화를 찾아갔다면 몰라도. 이런 것들에 대한 환상으로 나는 유리방에서 질식하지 않고 근근이 버틸 수 있었다.

유일하게 열고 나온 문이 화실이었다. 이나마도 없었다면 못 버텼을 거다. 뭐 하나 마음대로 할 수 없던 내 인생에서 이건 처음 하는 괜찮은 선택이었다. 학교는 1주일의 반을 결석해도 화실은 빠지지 않았다. 비록 사진 쪼가리를 모방하는 그림이라도 나는 순진하게 집중했고, 사진에 없는 선과 색이 나타나는 것에 선생은 호기심을 보였다. 그리고 심각해 보이는 손등을 걱정해줬다.

"그러지 말고 병원에 좀 가지."

피도 안 섞인 선생도 이러는데 엄마는 나를 후벼 파야 직성이 풀리는지 어쩌다 한마디를 해도 넌덜머리가 나게 했다. 나 같은 아들은 나도 골치가 아팠을 것 같기는 하다. 우리는 가끔 마주 앉아서 밥도 먹고 한집에서 자고 화장실 앞에서 부딪칠 뻔도 했지만, 되도록 겹치지 않고 건드리지 않고 숨도 가능하면 다른 쪽을 보면서 쉬었다.

엄마가 퇴근해서 옷도 갈아입기 전이었다. 전화 받는 분위기가 심상치 않다 싶더니만 통화를 끝내자마자 기어이 내 방문을 차고 들어왔다. 그리고 냅다 성질을 퍼부었다.

"학교 때려치우는 건 그렇다 치자. 어차피 네 인생이니까. 근데 병원비 떼먹는 건 뭐냐, 새꺄! 그거 얼마나 된다고. 나한테 전화 오잖아! 거둬준 공을 이따구로 갚는 새끼가 어딨어? 애초부터 말썽이더니 끝까지 날 엿 먹이네, 저게."

가슴이 철렁했다. 병원비. 그 전화가 올 줄이야. 그것도 하필 엄마한테. 몇 천 원 때문에 이런 추적이 가능하다는 게 놀랍다. 그런데 그게 저렇게 흥분할 일인가. 나야 켕기는 게 있다지만 엄마한테야 병원비쯤 문제랄 것도 없을 텐데. 그동안 겪은 일에 비하면 껌도 아니다. 혹시 병원비 말고도 뭔가 알아차렸나.

"바늘 도둑이 소도둑 된다고. 고따구로 살 거면, 제발 이제라도 우리 안 보고 말자. 뭐 좋은 인연이라고 다 늦게 너 같은 걸."

"바늘 도둑은 무슨. 내가 뭐 훔쳤대? 그게 지금 맞는 소리라고."

"뭐 인마! 그래, 이게 나다!"

느닷없이 뒤통수에 손찌검이 떨어졌다. 순간 눈에서 불이 튀어나오는 듯했다. 나는 침을 삼키며 머리카락을 움켜쥐기만 했다. 여지없이 비어져 나오는 진땀. 본능적인 이 반응은 나만의 독일지도 모른다. 더 건드리지 말라는 경고. 아직도 내가 함부로 때릴 수 있는 어린애로 보인다면 엄마가 실수하는 거다.

"곱게 알아들을 것이지, 사람답게 살게 해줬더니만."

"알았으니까 그만해."

어금니로 깨문 말도 통하지 않았다. 참았던 걸 다 해 붙이기로 작정했는지 엄마의 거친 입은 도무지 닫힐 줄을 몰랐다.

"너, 내가 우습지? 너 같은 자식, 감방에 처박히게 그냥 둘걸!"

머리가 빠개질 듯이 아팠다. 사정없이 머릿속을 뚫어버리는 무기가 바로 내 속에 있었던 거다. 나는 닥치는 대로 옷을 챙겨 입었다. 겉옷을 꿰고 도면 통을 짊어지는데 또다시 손찌검. 나는 엄마의 양팔을 꼼짝 못하게 움켜쥐었고 기어이 뱉어버렸다.

"그만! 제발 그만하라고. 겨우 이 정도면서. 말해줘? 나 아니었어도 결국 버림받게 돼 있었다고!"

눈이 허옇게 커지고 진저리 치는 얼굴을 더 볼 수가 없었다. 엄마를 떨쳐버리고 뛰쳐나왔다. 모든 걸 다 가진 듯 당당해 뵈던 그의 아내에 비하면 더 싫고 더 초라하고 더 무식하고 더 마음에 안 드는 엄마. 그것도 사랑인 줄 알고 나만 안 생겼으면 인생이 꼬이지 않았을 거라고 믿는 바보. 바보라서 화가 나고, 그게 다 그 때문인 것 같아 돌아버리겠다.

교통카드와 푼돈 얼마. 주머니에 그게 전부였다. 휴대전화도 없다. 이미 어두워졌는데 갈 데가 없다.

도대체 왜 살아야 할까. 유치하게도 무사히 잘 살아내자는 다짐을 뭘 믿고 했을까. 적어도 나 때문에 속상해한다고 믿었는데 이렇게 환상 하나가 깨지고 만다. 모든 게 엉망이다. 어디서부터 잘못되었을까. 중3 담임 문제로 엄마가 이사를 결심했을 때만 해도 희망적이었다. 엄마는 실적이 좋아졌고 나는 나를 모르는 애들과 새로 시작할 수 있었다. 그가 텔레비전에 얼굴만 안 내밀었어도. 그렇다. 모든 게 거기서부터 꼬였다. 내 인생을 뒤흔드는 나비의 날갯짓. 고상한 척하던 면상에 화장품 병을 집어 던지던 엄마 심정이 이랬을까. 그래 봐야 그의 털끝도 건드리지 못한다. 그는 우리가 접근할 수 없는 브라운관 너머의 보호막 속에 있었다. 제기랄. 지금껏 겪은 일로도 부족하단 말인가. 나 아직 스무 살도 안 됐는데. 주민등록증도 없는 미성년자인데.

긴장이 가라앉고 진땀이 멈추자 선득선득 한기가 느껴졌다. 이제 밤이면 제법 추워지고 오늘은 바람까지 분다. 기하를 만나야겠다. 이 상태로 집에는 못 들어간다. 최소한 옆방 가족으로라도 지내려면 며칠은 지나야 할 것이다. 돈이 필요하다. 이럴 줄 알았으면 기하 학교라도 알아둘걸. 이게 다 길거리에서 생긴 후유증이다. 길거리에서 만난 애들과는 몇 끼니를 같이 해결해도 개인적인 걸 묻지 않았다. 어쩌다 듣는 소리도 대부분 거짓말일 게 뻔해서 믿지 않았다. 그런 거짓말이 싫었다. 내 휴대전화에 번호 입력도 녀석들이 알아서 했을 만큼 나는 틈새 애들에게 무관심했다. 더스티가 아직도 그걸 가지고 있으면 좋을 텐데. 그거면 기하를 찾아내는 건 어렵지 않다.

혹시나 싶어 틈새로 갔다. 그리고 벽을 쳐다보며 뜨거운 라면을 국물까지 다 빨아 먹었다. 또 입천장을 뎄다. 옆에서 숟가락 꽂을 놈들도 이젠 없는데 정신없이 먹고 보는 이 나쁜 습관이 왜 안 고쳐지는지 모르겠다.

아줌마 눈치를 보면서 자리를 지켰건만 아무도 나타나지 않았다. 오늘은 안 오는 건지 벌써 다녀갔는지. 묻기도 좀 그래서 밖으로 나와 서성거렸다. 내가 여기서 친구도 아닌 애들을 애타게 기다리게 되다니. 그나저나 라면 먹는 바람에 달랑 동전뿐이다. 찜질방에도 못 간다.

벌써 건너편 병원에 불이 꺼진 걸 보면 치과 원장님의 한마디가 아주 중요한 집인가 보다. 하긴, 평생 고개 숙인 적 없이 살았을 것 같은 아줌마였다. 결혼은 그런 사람이랑 하고, 텔레비전에서는 가정의학과 전문의랍시고 가족의 소중함을 강조하고, 피트니스 클럽에서는 다친 애를 보고도 지나치고 잘못도 묵인해주고. 참 편하게 산다. 누구는 시작부터 불행하고 누구는 무슨 짓을 해도 억세게 잘 먹고 잘사니 정말 뭐 같은 세상이다.

그때 누가 와락 달려들었다.

"야! 존나재수개조리씨바새……"

욕쟁이 윤.

욕이 이렇게 반갑기도 처음이다. 윤은 미안해서 입을 틀어막고도 한참 동안 욕을 씨불였다. 욕은 욕인데 줄줄이 쏟아져 뭉개지니 뭔 욕인지도 모르겠고 듣다 보면 웃음이 난다. 그러다가 딸꾹질. 마침표처럼 딸꾹질을 하고 나서야 윤이 활짝 웃었다. 아직도 열 살짜리처럼 웃는 애를 나는 잠시 멀거니 보기만 했다. 윤이 이렇게 생긴 애였구나.

저렇게 멀쩡하다가도 별안간 욕이 터지는 병 때문에 나만큼이나 힘들게 사는 애. 내 생각에는 돈 잘 벌고 자식 잘되기를 끔찍하게 바라는 훌륭한 부모 때문에 녀석이 이렇게 힘든 것 같다. 틱도 엄연히 병이라던데 아픈 애더러 좋은 대학에만 가라고 한다니. 시설에 있던 애는 주기적으로 눈을 깜빡이고 아, 소리를 내는 정도였는데도 치료를 받으러 다녔다. 윤이 이 부분에서는 그 애보다 못한 거 같다.

윤이 휴대전화를 꺼내서 나는 손을 저었다.

"폰 없어."

아하, 하는 표정이 그동안 문자 수신도 안 돼서 무지 궁금했었나 보다. 기특한 자식. 덕분에 내 환상 하나가 헛되지 않았다는 걸 확인했다. 그래서 오늘 이 시간부터 오윤을 친구로 받아들이기로 한다.

"기하 요즘도 여기 오냐? 나 걔 만나야 되는데."

윤이 고개를 저었다. 문자를 보내도 대꾸가 없단다. 내가 알기로 기하는 윤을 친구로 여기지 않는다. 윤을 부를 때조차 이름이 아니라 언제나 '욕쟁이'였다. 예사로 집적거리고 함부로 무시하고 병인 줄 알면서도 번번이 성질을 벌컥 내는 자식이 그래도 얘한테는 친구인가 보다.

"휴, 휴대전화 언제 찾아? 아, 씨바퍽!"

윤이 또 입을 막았다.

"벌써 찾았어야 하는데. 아, 기하 자식…… 혹시 너, 걔가 놀러갔다는 클럽 어딘지 알아?"

내가 기하를 자꾸 언급하자 윤이 진지해졌다. 그러더니 누군가에게 문자를 보냈다. 얼마 지나지 않아 답이 왔고 액정을 나한테 보여줬다. 뜻밖에 도진이었다.

블랙홀.

블랙콜.

그제야 떠올랐다. 귀담아 듣지 않았을 뿐 기하가 저번에 그렇게 말했다. 무슨 웨딩홀 지하라고. 돌아서는 나를 윤이 툭툭 쳤다.

"여, 여기로 오, 와. 여얼씨도, 개조탱구리…… 하아실 끝나면 그, 그때자나. 재수빽가……"

윤은 나한테 레스토랑 명함을 주며 욕을 한 사발 뱉었고, 딸꾹질도 믿을 수 없는지 아예 넓적한 테이프를 꺼내 붙였다. 그 위에 마스크까지 덮고 나한테 손가락을 쫙 펴 보였다. 10시를 말하고 싶었나 보다. 그 시간까지 오라는 건지, 지나서 오라는 건지 아무튼 10시. 내가 거기를 찾아갈 일은 없겠지만 알아들었다는 의미로 고개를 끄덕여주었다.

말하기가 고통인 윤이 불쌍하다. 우리한테는 아주 당연하고 아무것도 아닌 말하기가 녀석한테는 가장 어려운 일이니. 그나저나 화실이 10시나 돼야 끝난다는 건 또 어떻게 알았을까. 그런 말 따위 꺼낸 적 없는데. 기하가 우리 집을 찾아온 것도 그렇고.

베네치아.

내가 찾아갈 곳은 블랙콜.

블랙홀이겠지. 근처에 웨딩홀은 하나뿐이고 큰길에 있어서 찾는 건 어렵지 않았다. 웨딩홀의 별관 쪽 지하에 뒷골목으로 입구가 나 있고 간판은 진짜로 '블랙콜'이었다. 오타가 아니었다.

입구에 '클럽 데이'를 강조하는 공연 포스터가 요란하게 붙어 있고 입장을 기다리는 젊은이들이 꽤 모여 있었다. 언뜻 보기에도 대단한 클럽 같지는 않았다. 입구로 다가가자 종업원처럼 보이는 청년이 아직 입장이 안 된다며 막았다. 오늘은 무료입장 없다는 말도 덧붙였다.

"입장할 거 아니고, 더스티 멤버 좀 만나려고 왔는데요."

청년은 들은 둥 만 둥. 내가 안 비키고 한 번 더 말하자 그가 미간을 찡그리며 뭐 이런 게 왔냐는 표정으로 나를 훑어보았다. 나야 그렇게밖에 말할 수 없지만 저쪽에서는 우습게 들릴 말이었다. 입장도 안 하고 밴드 멤버를 좀 보겠다니. 돈 내고 들어가서 밴드 음악을 즐기는 것도 여기서는 만난다는 뜻일 텐데. 하지만 가진 거라고는 달랑 동전뿐이다. 근처에 있던 또래 여자애들이 눈치를 주고받으며 픽 웃었다. 걔들이 우습기는 나도 마찬가지였다. 하나같이 화장을 하고 차려입는답시고 모양은 냈지만 앳된 얼굴도 가리지 못한 데다 촌스럽기가 민망할 정도다.

"죄송하지만, 저한테는 중요한 일이라서요. 폰 찾으러 왔다고 말씀만 전해주시면 돼요. 그쪽에서 먼저 연락한 거라 아실 거예요."

그제야 청년이 나를 다시 보았다.

"아, 적어드릴게요."

나는 근처를 두리번거리다 마침 담벼락에서 떨어져 밟힌 포스터 하나를 주웠다. 하필이면 더스티 포스터였다. 문신처럼 화장한 여성 멤버가 맨 가운데서 무표정하게 나를 쳐다보았다. 누군가의 발자국에 찍힌 얼굴이 안돼 보였다. 고사리 문양 같은 게 한쪽 얼굴에서 이마로 이어져 있는 게 꼭 꿈틀거리며 자라는 식물에 이 여자가 갇혀버릴 것만 같다.

포스터 뒤에 또박또박 적었다.

안기하 폰 찾으러 왔어요. 공연 끝날 때까지 기다릴게요.

이 정도만 해도 알아보겠지, 생각하다 마저 적었다.

김무.

“꼭 전해주세요. 부탁합니다.”

나한테서 이렇게 예의바른 태도가 나올 줄 몰랐다. 별수 없다. 지금은 이거라도 챙겨야 될 판이라. 그새 기하가 찾아가지 않았기만을 바랄 뿐이다. 혹시라도 구겨버릴까 봐 꽤 오래 지켜보았는데 다행히 그러지는 않았다. 게다가 내가 헛소리나 하게는 안 생겼는지 유용한 정보까지 던져주었다.

“1부 공연도 11시 반에나 끝나.”

1부가 있으면 2부, 3부도 있다는 건가. 1부가 그 시간에 끝나면 밤새도록 노는 날이라는 건데.

“11시 반까지 기다려야 되나요?”

“그거야 알아서 해야지.”

분명히 지금 저 안에 있을 테니까 말만 전하면 될걸. 잠깐 나와서 전화기 주는 게 뭐 어렵다고 까다롭게 군담. 더스티가 1부 내내 공연하는 것도 아닐 테고. 부루퉁한 심정으로 나는 청년에게 다가갔다. 그나마 입장을 시작하면 말 붙이기도 어려워진다.

“11시 반에 다시 올게요. 메모 좀 꼭 전해주세요.”

청년은 가타부타 대답이 없었다. 이런 데 문지기도 이 시간에는 끗발이라는 게 생기는지 힘이 제대로 들어가 있었다. 그러나 밸이 꼴려도 티 내지 말아야지, 쪽지라도 쓰레기통에 던져버리면 나만 곤란해진다.

골목이라 바람이 더 스산했다. 손이 차가워지니까 손등이 더 욱신거린다. 어디 가서 시간을 보내야 할지 모르겠다. 햄버거 가게 같은 데서 구석 자리쯤 차지해도 된다. 하지만 나도 겪어봐서 아는데 종업원들은 그런 부류를 잘도 알아챌뿐더러 무엇보다 남들이 옆에서 먹어대는 게 고역이다. 라면으로 겨우 달랜 배만 폭삭 꺼지고 말지. 피트니스 클럽에 들어가면 시간 보내기도 좋고 씻을 수도 있는데 이용 기간이 어제로 끝나버렸다.

그제야 생각났다.

윤. 베네치아.

내가 이렇게 단순하다. 조금 전 일을 이렇게 까먹고 있다니. 역시 나는 의사씩이나 되는 그 인간보다 단순하고 열등한 엄마를 더 닮은 게 분명하다. 다행히 나한테는 교통카드도 있고 베네치아에 가면 뭐든 먹게 될 것이다. 윤이 나를 거기 못 데려가서 안달인 이유가 뭘 좀 먹어보라는 거였으니까.

전철로 두 정류장. 멀지도 않고 찾기도 쉬운 곳에 베네치아가 있었다. 지나가다 몇 번 본 곳이기도 했다. 자식, 벌써부터 이런 데서 일하다니. 역시 부모는 잘 만나고 볼 일이다. 아들이 요리사가 되고 싶다니까 이런 데를 떡하니 넣어줄 수 있는 부모. 그것도 요리사 되라고 밀어주는 게 아니라 마음잡고 공부에 집중하기 전에 잠시 겪어보라고 했다나. 취미 생활처럼. 교수, 회계사쯤 되면 그런 게 물 마시듯 쉬운가 보다.

"어서 오십시오! 베네치아입니다!"

활짝 웃으며 목소리 높여서 여자 종업원이 나를 맞았다. 밖에서 보기보다 안이 넓은 편이었다. 연이어 여기저기서 남녀 종업원들이 똑같은 소리를 했다. 나를 보지도 않고, 틀어놓은 녹음기처럼. 손님에 대한 일종의 매뉴얼인 셈이었다. 여기만 오면 윤이 보일 줄 알았는데 그건 아니었다.

"아, 저기. 오윤 때문에 왔는데요."

내가 손님이 아니라서 태도가 달라지면 어쩌나 싶었는데 괜한 걱정이었다. 여종업원은 여전히 밝고 싹싹하게 나를 테이블까지 안내했고 명찰에 붙은 마이크에 대고 주방에다 말을 전했다. 나중에 이런 데서 일하는 것도 나쁘지 않을 것 같다. 맛있는 걸 매일 먹을 텐데. 하지만 고등학교도 못 나오면 어림없겠지, 아마도.

윤이 나올 줄 알았는데 낯선 청년이 다가왔다. 스물다섯이나 여섯쯤. 머리가 펑키 스타일이고 양쪽 귀에 피어싱을 한 청년인데, 음식물 자국으로 얼룩지고 축축해진 앞치마 차림이었다. 그가 몇 발짝 떨어진 데서 나를 빤히 보았다. 나는 그 표정을 짐작할 수가 없었다. 괜히 왔나 싶기도 했다. 내가 진짜 윤의 친구인지 확인하는 것 같기도 하고, 주방에서 기분 상하는 일이라도 있었는지 살짝 찡그린 것 같기도 하고. 윤이 말한 셰프라면 나를 데려오라고 한 사람일 텐데, 그렇다면 저런 표정은 좀……

"네가 그, 김무?"

나는 엉거주춤 일어나 꾸벅 인사를 했다. 잠시 딴생각에 빠졌던 것처럼 그가 살짝 웃었다. 웃었다기보다 입술이 살짝 비틀렸다는 게 맞겠다. 어쩐지 예감이 좋지 않았다. 만만해 보여서 발 디딘 얕은 물웅덩이에 발목까지 쑥 빠져버렸던 것처럼. 그래도 인상에 비해 목소리가 참 좋다.

"그래. 저기, 윤은 접시 정리하는 중이야."

"아, 네."

"아, 그래. 난 그러니까. 음. 아, 저녁은 먹었니?"

그가 손을 깍지 껴서 주무르며 어색하게 물었다. 말이 좀 그랬다. 대개는 처음 본 애한테 이런 식으로 말하지 않을 것이다. 젖고 덴 자국이 많은 그의 손에서 핏기가 없어졌다 나타나기를 반복했다. 낯을 좀 가리는 편인가. 특이한 캐릭터다. 펑키 머리나 피어싱과는 도무지 어울리지 않는 저런 태도. 나는 내내 찜찜했다. 이 사람이 왜 나한테 와서 이러는지도 모르겠다. 내가 뭐라고.

조금 뒤에 윤이 나타났다. 여전히 아까 그 마스크를 하고 있었다. 펑키 머리가 엉거주춤 일어나더니 나를 슬쩍 보고는 다시 주방으로 갔다.

"저 사람이 셰프야?"

윤이 그를 돌아보고는 마스크를 벗고 입에서 테이프도 뗐다. 불쌍하게도 입술 주변이 빨갰다. 또 한바탕 윤의 입에서 욕 다발이 터졌다. 옆 테이블을 신경 쓰며 간신히 딸꾹질까지 마치고서야 윤이 어렵게 말했다. 셰프는 아니고 스태프 중에 하나라고.

나는 건성으로 고개를 끄덕였다. 자기가 제일 좋아하는 형이고 나중에 셰프가 될 사람이라고 하면서 윤이 엄지를 세웠다. 자기 롤 모델이라나. 그리고 나를 데려오라고 한 사람이라고도 말해주었다. 정말 이상했지만 묻기가 좀 그랬다. 일할 시간이기도 하고 욕 때문에 손님들을 놀라게 할 게 뻔해서.

부모가 능력껏 꾸아줬다고 해도 윤은 막내라서 다시 주방으로 가야 했고, 곧이어 나는 보기도 처음인 음식을 테이블 가득 받았다. 모양뿐 아니라 맛도 좋아서 정신없이 먹었는데 먹을수록 내가 왜 여기서 이런 음식을 먹고 있는지 이해가 되지 않았다. 주문하지도 않은 게 나왔으니 계산하라고 할 것 같지는 않은데 말이다. 게다가 아무도 나한테 음식 맛이 어떤

지 묻지 않았다. 듣기로는 '신메뉴 테스트 때문에 부른다'였는데. 입맛이 워낙 저렴해서 물어본다고 해도 걱정이지만. 그보다 더 신경 쓰이는 게 있었다. 어쩐지 주방에서 펑키 머리가 나를 보고 있는 것 같은 기분.

10시 반이 넘자 홀이 한산해졌고 주방이 정리에 들어갔다. 다들 너무나 분주해서 나는 그냥 일어나기도 앉아 있기도 어색한 지경이 되었다. 윤을 보고 나서야 그나마 부담스러운 기분을 다소 누를 수 있었다.

"나, 가도 되냐?"

윤이 착한 아이처럼 웃었다. 그리고 다음 일요일에 도진과 기하까지 다 모이게 문자를 보내겠단다. 자기 생일이라고. 나도 모르게 주방을 보았으나 펑키 머리는 자기 일에 바빠 보였다. 너무 예민했나 보다. 하긴, 나는 지금 정상이라고 할 수 없다.

문까지 배웅을 나온 윤이 손을 흔들어주었다. 그러니까 여기가 꼭 녀석 집 같다. 윤이 깜빡했다는 듯 말했다. 형이 너 또 오래.

나는 뒤를 한 번 돌아보고 고개를 갸웃했다. 물론 홀도 펑키 머리도 보이지 않았다. 아까 표정으로 봐서는 도대체 나를 왜 또 오라고 하는지 짐작도 안 된다. 그냥 인사인가.

밤바람은 그새 더 싸늘해져서 나는 어깨를 움츠리고 전철역으로 갔다. 추워서인지 손등이 더 심각하게 느껴졌다. 처방 약을 먹었으면 벌써 아물었을 게 약 없이 나으려니 이렇게 고생이다. 내 잘못이지만 결국 그가 헤집어놓은 상처가 덧나고 만 셈이다. 대충 견뎌보려다가 약국에 가서 보여주고 비상약을 사 먹은 게 전부였다. 약사조차 병원에 가라며 약을 안 주려고 했다. 무슨 고집이었는지 모르겠다. 나를 괴롭혀봐야 나만 손해지, 누가 대신 아파할 것도 양심의 가책을 느낄 것도 아닌데.

전철에서부터 배가 불편했다. 너무 여러 가지를 한꺼번에 먹어서인지, 펑키 머리 때문에 거북했는지, 너무 추워서인지 몰라도 꼭 체한 것 같다. 아니 분명히 체했다. 심호흡을 하고 트림을 하면서 참아보려고 했으나 끝내 진땀이 나고 어지럼증으로 토하기 직전이었다. 옆에 있던 사람들이 불안한 낌새를 챘을 정도였다.

무슨 정신으로 전철에서 내리고 바깥으로 나왔는지. 분에 안 맞는 걸 먹으니 이 모양이지. 틈새 라면이면 충분할 주제에.

볼썽사나운 짓을 큰길에서 할 수가 없어 기를 쓰고 뒷골목으로 뛰었다. 급기야 남의 멀쩡한 가게 간판을 붙들고 먹은 걸 고스란히 게워냈다. 거기서 얼쩡거리다 걸리면 무슨 꼴을 당할까 싶어 재빨리 피하는데 다리가 꼬였다. 실수가 아니었다. 머리가 핑 돌고 골목의 불빛이 어지럽게 흔들렸다. 기어이 어지럼증이 일을 내고 만 것이다.

넘어지고 일어나고 또 넘어지면서 나는 최선을 다해 걸었다. 뭐든 붙잡고 싶은데 도무지 잡히지를 않아 자꾸만 헛손질을 하게 됐다. 온갖 사람들 소리. 뒤엉키는 불빛. 블랙콜. 냄새. 구급차 소리. 꿈틀거리는 무늬. 갈라진 거울.

아프다. 너무 아프다. 어지러워 땅 밑으로 꺼질 것만 같다. 발가락에 쥐가 나서 펴지지가 않아 땅을 디딜 수가 없다. 땅에 닿으려고 안간힘을 써보지만 오그라든 발가락은 말을 듣지 않고 도무지 잡히는 게 없어서 나는 죽을힘을 다해 허우적댔다. 살고 싶다. 여기를 벗어나 살아야만 한다. 숨이 막힌다. 나의 모든 구멍을 다 틀어막은 세상. 검은 물속이다.

어렴풋이 정신이 들기 시작하며 맨 먼저 든 생각. 다행이다.

살았어.

가수면 상태지만 안전한 곳에 있다는 걸 본능적으로 알았다. 혹시라도 착각일까 두려워 굳이 눈을 뜨려고 하지 않았다. 분명치 않지만 여자 목소리가 들렸다. 허약한 애야, 뮤.

눈알이 꿈틀했다. 그러나 붙어버린 눈꺼풀이 도무지 열리지가 않았다. 결국 몇 번쯤 눈알을 굴리다 스르르 힘이 풀려버렸다. 눈에서 뜨거운 게 흘러 머릿속 깊은 곳으로 천천히 식으며 흘러드는 듯했다.

"뮤. 너 안 오면 나 죽을 거야. 그래 버릴 거야. 여기만 아니면 어디라도 괜찮아. 새벽 기차 아니면 못 도망쳐. 술 취해서 뻗으면 못 일어나거든."

해리가 울며 내 손을 잡았다. 손등에 담뱃불로 새로 지져진 상처가 검붉게 부풀어 있었다. 나는 진땀으로 손이 끈적해져서 해리 손을 놓고 싶었다. 내 손이 이렇게 끈적거린다는 걸 해리가 알아버리는 게 싫었다.

해리의 목에 둥그런 딱지가 채 떨어지기도 전에 그 늙은이가 해리를 또 건드렸다. 해리의 목에 담뱃불 자국이 나던 날, 나는 숙제 때문에 그 집에 갔고 해리가 비명 지르며 당하는 걸 처음 보았다. 너무나 고통스러워하는 그 얼굴이 나를 보았고, 우리는 그 뒤로 차마 눈도 마주치지 못했다. 해리가 먼저 나를 찾아왔다. 같이 도망쳐달라고. 부모 잃은 어린애를 먹이고 입히고 학교 보내주는 건 아무나 못하는 일이라고 누누이 확인시키는 작은할아버지로부터. 귀여우니까 안아주는 거라고 꼼짝 못하게 하는 주정꾼으로부터. 할머니는 늘 해리를 흘겨보았고 은혜는커녕 싹수가 글러먹은 년이라고 함부로 대했다. 나도 도망치고 싶었다. 여기만 아니면 어디라도 좋을 것 같았다. 해리와 함께는 아니었다. 나는 해리에게서도 벗어나고 싶었다. 동네 애들과는 비교도 안 되게 예쁜 해리. 나는 그 애를 너무나 좋아했고, 그 애가 징그러웠고, 또 더럽게 느껴져 끔찍했다.

그날 뭐 때문에 다 저녁에 그 집에 갔는지 모르겠다. 엄마가 온다고 했던 것 같다. 엄마랑 같이 살 거라고 믿고 인사를 하러 찾아갔을 것이다. 그런데 취해서 몸도 가누지 못하는 늙은이가 나를 보더니 느닷없이 곡괭이를 집어 던졌다. 해리는 이미 사라지고 없었다. 그리고 이튿날 영빈이 죽었다.

진땀으로 손바닥이 미끄러웠다. 나는 천천히 일어나 등을 기댔다. 눈알에서 뜨겁게 흘렀던 게 눈물이었을 거다. 이 기억에서만 나는 온몸이 뜨거워지는데 아마도 그게 다 눈물일 것이다. 절대로 빠져나오지 않는 지독한 물.

짐작대로 병원이었다. 주변에 아는 얼굴은 없었다. 뮤. 얼핏 들었던 소리도 역시 악몽의 한 자락이었던 거다. 벗어날 수 없는 악몽. 아무리 잊고 싶어도 내 몸에 새겨진 또렷한 기억. 사면동 그 촌구석에서 나는 저주받은 시간을 보냈고, 도저히 벗어날 수 없는 족쇄에 묶여버렸다.

"너, 울었냐?"

기하다. 나는 녀석을 멍하니 보며 눈 주위를 만져보았다. 울다니. 나한테서 눈물 같은 게 나왔을 리 없는데. 엄마만 내가 울고 싶은 걸 알아차리는 줄 알았다. 얼굴이 퉁퉁 불었어. 엄마한테 들키는 것도 싫은데 하필이면 기하다. 그나저나 녀석이 왜 여기 있을까. 나 모르게 무슨 일이 있었을까.

"나, 어떻게 된 거야?"

기하가 대답도 않고 그 째진 눈으로 나를 빤히 보았다. 그러더니 잠자코 주머니에서 돈뭉치를 꺼내 툭 던졌다. 학생 주머니에서 나오기에는 큰돈이었다. 뭔지 몰라도 이 자식한테서 냄새가 난다. 저번에 본 녀석 엄마를 생각하면 의심을 안 할 수가 없다.

"이자까지 쳤다. 서로 빚 없는 거다."

한주먹도 안 되는 게 어지간히 폼을 잡는다. 어이가 없다. 상황이 이렇게 뒤바뀌다니. 저 자식 정말 싫은데 왜 이런 식으로 엮인담. 만약 나를 여기까지 데려와줬다면 투덜거릴 처지가 아니지만.

나는 돈을 집었다. 구린 돈일지 몰라도 나는 녀석한테 받을 게 있고 병원비도 내야 하니 거절할 수가 없다. 손에 깨끗한 붕대가 감겨 있었다. 통증도 없다. 무의식중에 안전해졌다고 느낀 게 이것 때문일지도 모른다. 막판에 통증이 팔뚝까지 뻗쳐서 이러다 팔 하나를 못 쓰게 되는 거 아닌가 걱정이 됐었다.

"나 여기, 네가 데려왔냐?"

혹시 엄마한테 연락이 갔을까. 집까지 알아낸 애가 그건 못 할까. 이번에도 기하는 대답하지 않았다. 까칠하기는 해도 이 정도는 아니었는데. 뭘까. 뭐 때문에 저러는 걸까.

"체크. 너, 생각보다 약골인가 봐. 이석증인가 뭔가, 검사가 더 필요하다던데. 알면 알수록 이상한 놈이다, 너. 간다."

"간다고?"

나도 모르게 약한 소리가 튀어나왔다. 뜻밖이었는지 기하도 나를 보더니 피식 웃었다. 그러고도 가버렸다. 생긴 거랑 똑같이 인정머리 없는 놈. 나는 주변을 둘러보다 침대에서 내려와 얼른 신발을 챙겨 신었다. 응급실 간호사들은 다른 환자 때문에 내 쪽은 보지도 않았다.

의사가 뭐든 검사를 더 하려 들기 전에 나가야겠다. 돈도 없고 엄마가 알아봐야 시끄럽기만 할 거고. 병원비 내려고 주머니에서 돈을 꺼내는데 쪽지가 하나 따라 나왔다.

27일 9시 블랙콜 더스티.

처음 보는 쪽지다. 혹시 더스티가 나를 여기로 데려왔나. 기하도 그들이 불러서 온 거고? 하긴, 그들이 기하에게 연락하려고만 들면 나 아니라도 얼마든지 가능하다. 그렇다면 굳이 이런 쪽지를 왜 나한테 남겼는지 모르겠다.

27일이면 오늘이다. 오늘 밤에 블랙콜로 오라는 거다. 나는 쪽지를 다시 주머니에 넣으며 수납 창구로 갔다. 그런데 누가 이미 계산을 마친 뒤였다. 기하 이 자식. 도대체 요즘 뭘 훔치는 걸까. 아무래도 이 돈은 돌려줘야 뒤탈이 없을 것 같다.

나는 밖으로 나가려다 흠칫 돌아섰다. 병원으로 막 들어온 엄마를 본 것이다. 피하고 나니 우습다. 숨기까지 할 건 뭐람. 나는 엄마가 허둥지둥 응급실로 들어가는 걸 숨어서 지켜보다 밖으로 나갔다. 이런 데서 엄마를 감당할 자신도 없고 엄마가 안심하는 것도 용납하지 않을 것이다.

우산도 없는데 비가 흩뿌리고 있었다. 옛날부터 이런 날이 제일 싫었다. 춥고 찝찝하고 더 배고프고 혼자라는 걸 온몸으로 확인하게 되는 이런 날씨. 안전한 애들과 길거리 애들이 확실하게 구분되는 빌어먹을 날씨.

서비스 센터에서 휴대전화부터 찾았다. 문제가 없는지 다시 확인하며 직원이 '그동안 문자가 많이 왔네요' 했지만, 나는 받자마자 주머니에 찔러 넣고 전철역으로 갔다.

비를 피해 들어왔을 뿐 갈 데는 없었다. 나는 간이 의자에 앉아 전철이 들어왔다 빠져나가는 걸 물끄러미 바라보았다. 몸뚱이만큼 커다란 악기를 짊어진 여자애가 내 앞에서 전철을 기다리기도 했고, 유창한 영어로 대화를 주고받다가 웃음을 터뜨리면서 대학생들이 지나가기도 했다. 코앞에서 전철 문이 닫혔다고 발을 구르는 사람, 큰 소리로 통화하는 사람. 살아야 할 이유가 분명한 그들을 보고 있자니 그들의 세상에 잘못 끼어든 기분이 든다.

여기서 두 정류장만 가면 베네치아가 있다. 거기라도 가고 싶지만 윤이 주중에 며칠만 나가는 거라고 들은 것 같다. 펑키 머리도 신경 쓰인다. 어쩐지 그가 나를 알고 있다는 기분이 드는데, 예민해진 탓인가.

전화가 왔다. 엄마다. 갑자기 가슴 밑바닥이 떨렸다. 나는 진동음이 실컷 울리다 잠잠해질 때까지 그냥 보기만 했다. 액정이 까매졌다. 숨을 깊이 들이마셨다가 천천히 내쉬며 전화기를 열었다. 앱 몇 개에 숫자를 껴안은 빨간 동그라미가 꽃처럼 피어 있었다. 내 꽃봉오리는 일곱 번 필 수 있어. 나는 열두 번. 나는 열아홉 번. 향기인지 독인지 알 수 없는 그것들을 나는 하나하나 열기 시작했다.

내키지 않았지만 배가 고프니 어쩔 수 없었다. 햄버거에 콜라 한 잔. 혹시 기하랑 엮이더라도 최소한으로 대가를 치러야 한다. 틈새 라면이 더 싸지만 그것으로는 내일 아침까지 못 견딘다. 밥상을 꼬박꼬박 받은 것도 아닌데 그사이 엄마 밥 때문에 길거리 면역력이 꽤 약해진 것 같다.

콜라의 마지막 탄산 한 방울까지 빨아들이고 일어났다. 여기서도 길 건너편 병원이 잘 보여서 나는 1층 '바른 가정의학과'를 보면서 양상추를 씹어 먹었고 2층 '최송은 치과'를 보면서 손가락에 묻은 소스를 핥아 먹었다. 최송은. 한 번도 고개 숙인 적 없을 것 같은 그 여자 이름이 최송은이었다. 최송은. 삐져나온 피클을 마저 챙겨 먹으며 웅얼거려보았는데 확실히 김난희와 어감부터 다르다. 야무지고 고집이 셀 것 같고 좋은 집에서 자랐을 것 같은. 졸업도 하기 전에 임신했다고 자식을 쫓아내는 집과는 비교도 할 수 없는 그런 집에서.

더스티가 정한 9시까지 나는 햄버거 가게에 죽치고 앉아 시간을 죽였다. 그동안 유리방에 플러그를 꽂고 대기 중이었던 문자는 모두 43통. 그중 반이 스팸이었다. 내 환상은 먼지처럼 흩어져버리기도 했고 지루하게나마 확인되기도 했다.

혜인은 결국 아무 연락도 하지 않았다. 그러면 그렇지 생각하면서도 그 믿음이 깨지는 게 가장 속이 아팠다. 윤은 예상대로 꼬박꼬박 문자를 남겼지만, 너무 빤해서 지루했고 다 읽으려니 짜증마저 났다. 윤을 친구로 받아들이기로 한 게 잘한 일인지 모르겠다. 도진이 꼭 저 같은 문자를 딱 한 번 남겼다.

무. 지금 이 현실이 꿈이라는 걸 증명할 수는 없을까.

기하의 문자는 예상 밖이었다.

이제부터 이 번호야.

그사이 휴대전화를 바꿨다는 거였다. 날짜를 보니 이미 나흘 전이다. 그러니까 폐기시킨 전화기 때문에 내가 어제 그 고생을 했던 거다. 정말이지 기가 막힌다. 그런데도 병원에 찾아온 걸 보면 더스티와 기하가 어떤 식으로든 연결이 돼 있는 모양이다. 휴대전화가 한두 푼도 아니고 번호까지 이렇게 바꿀 수 있다니 아무래도 이 자식은 내 상상 밖의 인물임이 틀림없다. 전교 성적 1퍼센트는 뺑일지 몰라도 머리가 좋다는 건 인정한다. 뭘 확인해서가 아니다. 눈 돌아가는 것부터 비상한 애다.

스팸 같기도 하고 단순히 잘못 온 것 같기도 한 문자도 있었다.

오랜만이다. 연락해.

지워버릴까 하다 클릭하게끔 유도하는 주소가 없어서 그냥 둬보기로 했다. 아무 상관없지만 혜인 때문이기도 했다. 기대했던 혜인의 플러그가 없는 것에 실망한 대신, 이 플러그에 호기심이 발동한 거다. 단순히 잘못 온 것일 수도 있지만 깨지기 전까지는 마음대로 상상해도 되니까.

잘 모르겠다. 좋아하지 않아도 친구라고 할 수 있을까. 유리방에서 겨우 버티는 동안 대기 상태에 플러그를 꽂은 애들은 윤, 도진, 기하. 혜인은 없었다. 인사 정도는 주고받으며 어울렸던 학교 친구들도 전혀. 엄마 집으로 들어가면서 나는 시설이나 길거리에서 알고 지내던 애들을 다 털어냈다. 필요해서 어울렸을 뿐 친구가 아니라고 판단했으니까. 생각해보니 그건 틈새 애들도 마찬가지였다. 그런데도 녀석들이 나와 이어져 있다는 걸 이렇게 확인하고 만다.

빗발이 더 굵어져 블랙콜로 가는 동안 옷이 다 젖었다.

클럽 앞은 한산했다. 입구를 지키고 있던 그 청년도 보이지 않았고 들어가는 데 입장료도 받지 않았다. 무대에서는 어떤 여자 가수가 전자피아노를 치면서 혼자 단조로운 노래를 부르고 있었다. 몇 안 되는 손님들은 저희끼리 떠들고 가수도 혼자 노는 식이었다.

스모키 화장을 했어도 겨우 스무 살이나 됐을까 싶은 청년이 다가왔다. 딱 달라붙는 검은색 양복이 그를 더 어려 보이게 했다. 저번 청년도 저런 차림이었던 걸 보아 여기 유니폼인 모양이다.

내가 고등학생이라는 걸 알아본 눈치였지만 그는 덤덤하게 물었다.

"일행 있어요?"

"더스티가 보자고 해서 왔어요."

내가 쪽지를 보여주자 그가 그걸 가지고 안으로 갔다. 나는 벽 쪽으로 가서 여자 가수가 혼자 노래하는 걸 물끄러미 보았다. 이런 데서도 저렇게 노래하는 가수가 있구나. 참 재미없게도 부른다. 이런 데서는 다들 미친 듯이 소리치고 악기를 두들기고 헤드뱅잉을 막 하는 줄 알았다. 당연히 그런 공연도 있겠지만 생각보다 클럽이라는 데가 시시하다. 뭐 이 정도를 가지고 선생들은 그렇게 애들을 겁주는지.

“공연 끝나야 되니까, 좀 기다리래요.”

종업원이 나를 안쪽의 탁자로 안내했고 메뉴판도 갖다 주었다. 아무것도 시키지 않을 거라 나는 메뉴판을 보지도 않았다. 시간까지 정해주면서 오라더니 자기들은 공연을 해야 되니 기다리라? 그럼 당연히 9시가 넘는다. 뭐하자는 건지 좀 두고 보자는 오기가 생겼다. 어차피 갈 데도 없다. 날씨 탓인지 지하실에서 나는 공기 냄새가 더 탁하게 느껴졌지만 길거리보다야 백번 낫다.

종업원이 쟁반을 들고 오더니 그걸 내 탁자에 내려놓았다. 똑같이 생긴 컵에 맥주와 콜라가 한 잔씩. 나는 종업원을 빤히 보았다.

“더스티가 주문한 거예요.”

나는 의자에 기댄 채 맥주와 콜라를 뚫어져라 보았다. 뭘까. 이러는 이유가. 이것도 기하랑 관계가 있을까. 그러면 뭐든 좋을 것 같지가 않다. 내가 노려보는 사이에 양쪽 유리컵에 물방울이 맺혔고 흘러내렸다. 차가운 땀이거나 눈물일지도 모를 물방울. 그렇게 자기 체온을 조절하며 맥주도 식어가고 콜라도 식어갔다. 그러는 동안 무대는 여러 번 가수를 바꾸어가며 다른 소리와 다른 조명으로 살아났다. 어느새 홀도 가득 차고 내가 상상하던 귀가 터질 듯한 무대와 관객들이 일제히 뛰는 광경으로 이어졌다. 그리고 더스티가 나왔다.

멤버 다섯에 문신처럼 화장한 여자가 전자기타를 메고 가운데. 키가 크고 늘씬하다. 비슷한 느낌을 받은 적이 있다. 틈새. 거기서. 원탁에서 김밥을 먹던 여자애. 어쩐지 그 애 같다. 기하도 거기서 더스티를 처음 봤을까.

조명 때문인지 요란한 화장이 별로 튀지도 않고 머리까지 사자 갈기 같아서 무대와 잘 어울리는 편이었다. 얼굴을 드러내기 싫거나 너무 평범해서 튀려고 저런 콘셉트를 선택했을지도 모른다. 그런데 목소리가 예상 밖이었다. 노래하기 전, 관객에게 던진 한마디.

“기다리던 날입니다.”

시선이 탁자로 떨어졌다. 마른침이 삼켜졌다.

또다시 한마디.

“여러분도 그러신가요?”

여기저기서 동시에 반응이 터졌다. 네에! 호오! 오케이!

나는 콜라 잔을 들었다가 놓고 맥주를 단숨에 들이켰다. 이제 알겠다. 나한테 왜 그렇게 자꾸 연락이 왔는지.

해리.

해리가 저기 있다.

꽃

6년이 긴 시간인가. 짧은가. 1년은 어떨까. 짧은 시간. 긴 시간. 무엇을 기억하기에 시간은 별로 중요하지 않은 것 같다. 해리와 친구로 지낸 게 1년쯤, 만나지 않은 지 6년. 그런데 목소리만 듣고도 알아봤을 만큼 해리는 내 속 어딘가에 새겨진 애였다. 그걸 이제 알았다. 내 의지와 상관없이 언제라도 덧날 수 있는 딱지 아래 오래된 상처라는 사실. 열한 살짜리 과거로 묻히지도 않고 그저 악몽도 아닌 내 일부였다는 사실.

나는 해리 부모가 가수였다는 걸 거의 믿지 않았던 것 같다. 해리 때문이 아니라 내가 애초부터 뭘 믿기 어려운 애로 생겨먹은 탓이었다. 해리가 그런 늙은이한테 맡겨졌다는 사실이 그걸 믿지 못하게 만들기도 했다. 시작부터 부정적이었던 나와 달리 부모가 있는 애였다. 밤무대 가수였다지만 돈도 벌었을 거다. 아무리 교통사고로 갑자기 부모가 죽었다 해도 버려진 애가 아니었던 것이다. 그런 애가 어떻게 잘못 배달된 물건처럼 이리저리 보내지는 나보다 더 끔찍하게 살 수 있는지. 그것도 작은할아버지라는 작자에게 겁탈당하면서.

내 믿음과 상관없이 해리는 노래를 잘했다. 나이에 안 어울리게 성숙한 목소리를 낼 줄 알아서 수업 시작 전에 담임이 노래를 시킨 적도 많았고, 팝송도 몇 번 들으면 외워버리는 애였다. 그래서 그 늙은이가 술만 처먹으면 해리를 찾았을 거다.「섬마을 선생님」좀 불러봐, 이미자처럼.「처녀 뱃사공」알지. 노래는 뽕짝이 제맛이거든. 해리는 울면서 노래했고, 흥이 안 난다고 때리는 바람에 울음을 참고 몸을 배배 꼬면서 노래 불러야만 했다.

나는 자꾸만 속이 탔다. 연거푸 마셨는데도 속이 탔다. 나중에는 얼음물을 달라고 해서 들이켰다. 계산서나 기하의 돈을 쓰게 될 거라는 걱정은 이미 내 머리에 없었다. 여기서 그만 나가야 한다는 생각과 해리를 한 번 보고 싶다는 생각이 뒤엉켜 끝없이 갈등했다. 한편으로는 이 모든 게 두렵기도 했다.

해리가 나를 봤다면 아마 '틈새'에서였을 것이다. 혼자서 원탁을 차지해도 아줌마가 봐줄 만큼 자주 가는 애. 그러니까 저번에 나를 일제히 쳐다보던 그 젊은이들이 '더스티'였던 것이다. 내가 누구인지 알고 쳐다봤다는 건데. 그때 아는 척할 수도 있었는데 왜 이렇게까지 했을까, 장난처럼. 어쨌든 나는 해리를 두어 번 보고도 알아채지 못했다. 목소리를 듣기 전에는 상상도 못했다. 기하가 눈뜨자마자 그 이름을 꺼내기 전까지는 기억의 가장 밑바닥에 눌려 있는 그림자일 뿐이었다. 깨고 나면 홀로그램처럼 흩어지는 악몽일 뿐이었다.

묵직해진 머리를 의자에 기댄 채 무대를 바라보았다. 문신처럼 화장하고 무대의 꽃이 된 해리. 내 손에 체크무늬 상처가 깊게 패인 날 사라진 애. 늙은이에게 당할 때마다 담뱃불 자국이 몸에 찍히던 애. 왜 저렇게 화장할 수밖에 없는지 나는 안다.

뜨겁고 무거운 머릿속에서 차가운 게 천천히 흘렀다. 그건 아무리 시끄러워도 알아들을 수 있는 해리 목소리. 나에게는 노래가 아니었다. 머릿속 굴곡을 따라 천천히 움직이는 차갑고 끈적한 물질. 출구를 찾지 못해 밀도가 높아진 눈물이거나. 눈을 감으며 나를 놓아버렸다. 이제는 못 도망친다. 여기서 빠져나가기에는 너무 늦어버린 것 같다.

"얘, 취한 거 같은데."

"미성년이 제법 세네."

웃음. 이 목소리 기억난다. 통화음 너머에서 웃던 남자. 분명히 나를 두고 하는 소리인 줄 알지만 나는 눈을 뜨지 못했다. 돌처럼 무거운 눈을 굳이 뜨고 싶지도 않았다. 내가 봐야 할 것에 용기가 나지 않는다. 이대로 그냥 모든 게 끝나버렸으면. 이 정도면 충분히 겪지 않았나.

얼핏 본 것 같기는 하다. 고사리무늬가 눈앞에서 어른거리는 걸. 그 속의 희미하고 무표정한 여자 얼굴. 그것은 해리이기도 하고 엄마이기도 했다. 고사리무늬는 아름다웠지만, 너무 가까워서 어지럽고 살아서 꿈틀거리는 것 같아 징그러웠다. 그것들이 자라나 나를 감고 또 휘감아 고치처럼 가두어나갔다. 내 몸은 옴짝달싹 못하게 오므려지고 작아지다 기어이 태아처럼 변해갔다. 애벌레처럼 동그랗게 말린 몸뚱이는 막에 싸여서도 너무 투명하고 연약해서 위태롭기 짝이 없었다. 나를 철저하게 둘러싼 눈물에 동동 떠서 나는 가끔 눈을 끔뻑이고 손가락을 빨아보았다. 배가 고팠다. 너무나 강렬한 빛을 감당하기에 내 눈꺼풀은 너무 얇고 약했다.

마치 살갗을 가르기라도 한 듯 아프게 눈이 떠졌다.

"컵라면 먹을래? 아님, 삼각 김밥?"

꿈결의 바람처럼 느껴지는 소리. 비현실적이다. 나는 천천히 일어나며 이게 어떤 상황인지 파악하려고 주변을 살폈다. 창문도 없는 낯선 방. 좁고 답답하고 화장품과 음식 냄새가 뒤섞인 방이었다. 그리고 등을 보이고 앉아 있는 여자. 해리. 어제 내가 꿈을 꾼 게 아니었던 것이다.

막 샤워를 했는지 노랗고 긴 머리가 곱슬한 채로 젖어 있었다. 아무 기억도 없는데 나도 모르게 혹시 무슨 짓을 저질렀을까. 그럴 리 없었다. 옷도 어제 입은 그대로다.

"아니면, 기사 식당 같은 데 갈까?"

여전히 그 자세로 해리가 물었다. 해리도 나를 보고 있었다. 벽에 붙은 좁고 작은 책상 위 사각 거울을 통해. 나는 그 뒷모습을 물끄러미 보기만 했다. 어떻게 저렇게 아무렇지도 않게 말할 수 있을까. 어제 헤어진 친구처럼. 마치 식구였던 것처럼. 자그마치 6년이나 지났고 우리가 친구랄 수 있는 시간은 글쎄. 우리가 정말 친구이기는 했을까. 짐작만 했지 진짜 해리인지도 확인 못했는데.

해리가 나를 돌아보았다. 저절로 마른침이 삼켜졌다. 눈알이 뜨거워졌지만 피하지 않았다. 얘도 겁먹은 것 같다. 너무 경직돼서 그렇게 보이나. 아무렇지도 않게 한 말이 아니라는 걸 얼굴을 보니 알 것 같다. 얘도 나처럼 견디고 있다는 걸.

낯설다. 그나마 기억하던 어린 해리를 순식간에 흩트리며 전혀 생소한 여자가 나를 보고 있었다. 머리 모양만 보면 아가씨 같지만 얼굴이 혜인보다 어려 보인다. 밴드 공연 포스터 속의 화장 요란한 여자로도 안 보이고 내가 알던 해리도 아닌 전혀 다른 얼굴. 증거라도 찾듯 나도 모르게 목덜미로 눈길이 갔다. 이미 알아채고 해리가 흉터에 손을 가져갔다. 지옥에 떨어질 미친 영감탱이. 얼굴도 몰라보게 자랐어도 흉터는 그때 그대로다. 내가 기억하는 것 말고도 귀밑으로 둘이 더 있다. 별안간 가슴에 뜨거운 덩어리가 뭉치고 빼근해져서 나는 고개를 돌렸다. 두 개의 기타가 눈에 들어왔다. 그 옆의 도면 통과 가방. 고시텔. 내게 침대를 내주고 얘는 어디서 잤을까. 둘이 끌어안고도 못 잘 만큼 침대는 몸 하나 겨우 누일 정도다.

우리는 음식 냄새가 묘하게 떠다니는 복도를 잠자코 지나 밖으로 나갔다. 해리는 목에 스카프를 감고 후드 티에 모자까지 썼다. 늦었는지 교복 입은 애들이 뛰어가는 걸 보고 해리가 나를 슬쩍 보았다. 너 학생이잖아, 하는 것처럼. 문득 혜인이 생각났고 썰물이 빠져나가듯 가슴이 시렸다. 이 정도 결석이면 학교에서 무슨 조치가 내려졌을 것이다. 무사히 잘 지내고 싶었는데 결국 또 이렇게 됐다.

우리는 말없이 그저 걸었고 나란히 걸으면서도 얼굴 한 번 마주치지 않았다. 그리고 근처 시장으로 가서 해장국을 사 먹었다. 우리는 해장국에 고개를 처박은 채 밥알과 콩나물 대가리 같은 걸 연구라도 할 것처럼 자세히 보며 야금야금 남김없이 먹어치웠다. 속이 빈 터라 나한테는 아주 귀한 한 끼였다.

"여기 자주 와?"

내 말에 해리는 고개만 끄덕였다. 그렇게라도 입을 떼고 나니 비로소 우리가 아는 사이라는 게 실감났다. 이렇게 6년을 건너뛸 수도 있는 거구나. 엄마와도 안 되던 게 해리와는 되다니. 깍두기까지 알뜰하게 먹고 나서야 해리가 등을 똑바로 펴고 나를 슬쩍 보았다.

"여기 밥 맛있어. 틈새 김밥이랑 여기, 나한테는 완전식품이야."

완전식품. 단순히 영양식을 말하지 않는다는 걸 나는 안다. 먹어도 먹어도 배가 고파본 애들에게는 채워져야 할 허기 식품군이 몇 개쯤 더 필요하다. 사랑이나 안심 혹은 소속감이라는 영양소. 더 정확하게는 엄마. 나한테는 그랬다. 해리가 나랑 똑같은지는 모르겠지만.

우리는 또 잠자코 걸었다. 해리가 밥을 사서 음료수는 내가 사고 싶었는데 기껏 초코우유를 집어서 웃음이 났다. 야하게 화장하고 클럽에서 노래하는 애치고는 착한 입맛이다. 공원을 몇 바퀴 돌고 전철역을 두 개쯤 지날 때까지 우리는 그저 걷기만 했다. 해리도 나처럼 무슨 말을 꺼내야 할지 몰라 망설이는 게 분명했다. 결국 고시텔 앞까지 다시 와서야 해리가 먼저 손을 흔들었다. 나도 손을 들었다. 그러나 나도 해리도 머뭇거릴 뿐 돌아서지 못했다.

해리가 고개를 떨군 채 헛발질을 몇 번 하더니 약간 찡그린 채 나를 쳐다보았다. 무슨 생각을 했는지 그새 코가 좀 빨개졌고 눈물이 맺혀 있었다. 안 울려고 찡그리는 얼굴에 어린 해리가 있었다. 옛날에도 해리는 참아보려고 꼭 저렇게 찡그리곤 했다. 그게 너무 가엾어서 안아줬었다. 내 아픈 첫사랑은 그렇게 시작됐다.

"있잖아, 뮤. 나랑 가족 할래?"

머리가 묵직해졌다. 가슴이 온몸이 뜨겁게 무겁게 내려앉았다. 왜 그런 말을 나한테 했는지 물을 필요도 없었다. 우리에게 없는 것. 가져본 적 없어서 너무 힘들었고 끔찍했고 열등의식에 사로잡혀야만 했던 것. 그때는 어렸지만 이제는 구걸하지 않을 만큼 컸다. 나는 아니지만 해리는 그런가 보다.

"처음엔 아는 척 안 하려고 했어. 알잖아, 우린…… 아, 그게. 우박 쏟아진 날, 틈새 들어오던 거 기억해. 굉장히 힘들어 보였거든. 그때는 너인 줄 몰랐어. 그런데도 눈길이 가더라. 이상하게…… 마음이 좀 그랬어. 나중에 걔들이 말할 때 알았지. 특이하잖아, 네 이름."

"그랬구나."

"초대권 줬어, 내가. 근데 넌 안 오더라."

나는 피식 웃었다. 그래서 기하가 열 받았던 거다. 초대권은 자기한테 주고 내 얘기만 했을 테니까. 멍청한 자식. 그렇다고 저 혼자 술 먹고 머리까지 그 지경이 됐을까.

"나, 너라면 그럴 수 있을 것 같아."

그러니까 내가 불쌍해 보여서 가족이 돼주고 싶다는 거다. 우박 쏟아진 날. 그날이면 내가 더 불쌍해 보이기도 했겠다. 틈새에 처음 간 날. 그의 존재를 알고 병원까지 찾아낸 날이었다. 그러고 보니 그때나 지금이나 내 꼬락서니는 형편없다. 더 나빠졌든지. 나보다 더 가엾다고 여긴 해리가 되레 나더러 불쌍하단다.

"그래서 나 불렀니? 무슨 게임도 아니고, 남의 휴대전화로."

"그건 오빠들이 장난친 거고."

"오빠들? 장난?"

"걔들은 나 잘 몰라. 그러니까 놀리지. 말려도 소용없었어. 장난은 걔들이 먼저 쳤지만, 난 장난 아냐."

더 있으면 안 될 것 같다. 내가 아무리 형편없어도 얘한테 이런 소리나 들을 건 아니다. 어린 해리에 비해 상황이 나아진 것 같아서 다행이고 무대에도 섰으니 성공한 거 아닌가. 뭘 모르는 놈들이 나와 해리를 싸잡아 시시덕거리는 안주로 삼는 것도 봐주기 어렵고, 솔직히 더 있어 봤자 좋은 얘기 나올 것도 없다.

어색했지만 잘 지내라는 뜻으로 빙긋 웃으며 다시 한 번 손을 들었다. 그리고 돌아섰는데, 해리의 격한 목소리가 뒤통수를 때렸다.

"넌 똑같구나! 그때도 그렇게 가버렸지!"

갈고리 같은 그 말이 심장에 덜컥 걸렸다. 언제 어떤 일을 두고서 하는 말인지 모르겠다. 그러나 물어보고 싶지 않았다. 해리가 나 때문에 오래 참았던 묵은 감정이 있다는 건 짐작하겠는데 그걸 이제 알아서 뭐할까. 우리가 알았던 1년은 내 인생에서 지워버리고 싶은 저주받은 시간이었다.

나는 뒤도 안 돌아보고 걸었다.

"부탁할 거 있단 말야!"

울음 섞인 목소리가 끝까지 따라왔다. 나는 뛰기 시작했다. 돌아보지 않을 거다. 다시는 이쪽으로 오지도 않을 거다. 이제 그만 묻혔으면, 괜찮아질 거야, 다 지나간 일이잖아 했던 것들이 결국 고스란히 고개를 쳐들고 말았다. 해리 때문이다. 해리가 모든 뚜껑을 다 열어버렸다. 해리 뒤에는 징그러운 그 늙은이가 있고 거기에는 또 영빈이가 있고 엄마가 있고 사면동 악동들이 있고 철로 밑의 검은 물이 있고 비명소리…… 너무나 아픈 뺨, 손, 몸, 가슴.

어쩌자고 해리를 만났을까. 이게 운명이라면, 더럽게 꼬인 이따위가 내 인생이라면 나 진짜 구제불능이다. 아닌 건 아닌 거다. 부정에 부정이 거듭됐을 땐 결과가 빤한 거였는데 뭘 증명하자고 태어났을까. 내게 의도 따위가 있었을 리 없다. 애초부터 지금까지 내 머리는 비었고 뭘 어떻게 해야 할지 모르는 쓰레기다. 그런데 어떻게 다 감당하라고 이렇게 뒤흔들까. 도대체 왜 누가.

혹시 새벽 기차로 도망치자고 한 것 때문이라면 순전히 해리의 착각이다. 나는 그러자고 약속한 적 없다. 엄마가 온 날이고, 당연히 엄마를 따라가서 살게 될 줄 알았다. 어떤 남자한테 시집가려고 나를 마지막으로 보러 온 줄 알았으면 같이 도망쳤을까. 그러나 그때 내 머리에는 해리가 없었다.

온몸이 진땀으로 휘감겼다. 숨 막히게 속이 답답했다. 나는 뛰고 또 뛰었다. 이렇게 죽어라 힘들게만 할 거면 심장 따위 차라리 찢어져버렸으면. 얼마나 더 살아야 이 더러운 것들에서 벗어날 수 있을까. 누가 날 쥐고 있는 걸까. 죽이지 않고 날마다 눈뜨게 할 때는 새로운 날을 좀 살아보라고 할 때도 되지 않았나. 공사장 펜스를 넘어가서야 나는 주저앉아 악을 썼다. 제발 내 속의 끔찍한 기억들일랑 토해져라.

처음으로 엄마랑 한방에서 자게 된 날이었다. 엄마는 마지막으로 내게 은혜를 베풀고 마음의 짐을 벗고 싶었던 것 같은데, 순진하게도 나는 전에 없던 그 일로 엄마와 내가 비로소 가족이 될 거라고 믿어버렸다. 그래서 해리를 찾아갔다가 늙은이가 던진 곡괭이에 손을 찍히고도 울지 못했다. 피를 겁나게 흘리고 독 오른 손이 무섭게 부어올랐어도 차마 말하지 못했다. 엄마가 나 같은 말썽꾸러기를 싫어하면 안 되니까. 실망하고 혼자 가버릴까 봐. 그런데 자고 일어났더니 엄마 혼자서 가방을 챙기고 있었다. 고등학교까지 보내주는 시설을 알아보고 있으니까 조금만 더 데리고 있어 달라고 친척에게 부탁하면서. 나는 망치를 들었고 엄마를 진짜로 죽이고 싶었다. 하지만 고작 열한 살짜리였다. 전날 다친 손 때문에 온몸이 열에 들떠서 미친 듯이 떨렸다. 어린 게 눈을 희번덕이며 망치를 휘두른 게 친척에게는 군식구를 당장 내칠 수 있는 빌미가 돼주었고 엄마는 내 뺨을 사정없이 후려갈겼다.

나는 아직도 그때 일을 또렷하게 기억하지 못한다. 나는 너무 어려서 할 수 있는 게 없었다. 분노를 감당하지 못해 몸뚱이를 피가 나도록 할퀴는 수밖에 없었다. 나는 또 맞았고 도저히 참을 수가 없어서 악다구니를 해댔다. 그러다 뛰쳐나왔고 영빈이가 따라왔다. 사면동 촌구석 악동들이 심심할 때마다 건드리던 덜떨어진 애. 악동들은 내가 영빈 대신 자기들과 어울리기를 바랐다. 영빈이는 나를 따라오지 말았어야 했다. 내가 좀 놀아줬다고, 나 같은 애를 좋아하면 안 되는 거였다. 나는 차라리 악동이 되고 싶었고, 사면동 악동들에게 영빈이를 바쳐서 걔들처럼 될 수 있다면 기꺼이 그럴 수 있는 악마 새끼였다.

엄마가 나를 따라온 건 내가 무슨 짓이든 저지를 것 같아서였을 거다. 나는 엄마를 돌아보았고 그 순간 철로 밑으로 떨어졌다. 발을 헛디딘 것 같기도 하고 일부러 그랬던 것 같기도 하다. 영빈이 같이 떨어진 건 실수처럼 보이지만 꼭 그렇다고 할 수 없다. 이 부분에서 나는 엄연한 범죄자다.

나의 면죄부는 얼굴에 깊게 난 상처였다. 이미 전날 생긴 손의 상처까지 나를 피해자로 만들었고, 내가 늘 영빈의 친구처럼 굴었던 게 그 애 부모까지 속일 수 있는 증거가 됐다. 영빈의 사촌 형이 미심쩍은 눈초리로 끝까지 나를 노려보았지만 엄마의 연기력 덕분에 잘 넘어갔다. 아무도 내 탓을 하지 않았다. 그렇게 영빈은 죽었고, 나는 안전해졌다.

화실 문이 잠겨 있었다.

벽에 기대앉아서 아주 오랫동안 눈을 감고 있었다. 긴장이 가라앉고 온몸에서 빠져나온 진땀이 옷을 다 적셨고 머릿속이 텅 비었다. 그리고 어젯밤 꿈이 어렴풋이 떠올랐다. 살아서 꿈틀거리던 고사리. 그 속의 무표정한 얼굴. 덩굴이 감싸는 고치 속의 태아. 생각나는 것들을 스케치북에 하나하나 그려냈다. 참 이상하다. 머릿속에 있을 때는 혼란스럽던 게 눈앞에 나타나니 다르게 보인다. 악몽이 변신한 것처럼. 불확실한 이미지를 눈앞으로 끄집어내 확인하는 데 빠져서 나는 시간이 가는지도 몰랐다. 배가 고픈 줄도 피곤한 줄도 몰랐다.

"그거 멋진데!"

화실 선생이 스케치북을 확 잡아 빼는 바람에 정신이 들었다. 대학원에 다니며 짬짬이 일을 도와주는 선생. 선생보다는 누나라고 부르고 싶은 사람이다. 한 번도 그런 말을 해보지 못해서 앞으로도 안 되겠지만 내 마음에는 그렇게 자리 잡은 사람. 그래서 함부로 스케치북을 빼앗아도 놀리는 표정으로 쳐다봐도 화가 안 난다.

"여기에 색깔 입힐 거니? 아니면 흑백?"

"그냥 해본 거예요. 그림도 아닌데 뭘……"

"아냐. 디테일하게 완성해봐. 특히 여자 표정이 뭐랄까. 흠!"

"이런 것도 그림이 돼요?"

"이봐요, 고딩. 도안이 어디서 나오게?"

"도안?"

"내 눈에는 이게 하나의 꽃처럼 보여. 차갑고 도시적인. 잘 해봐."

선생이 내 어깨를 쓰다듬어주었다. 그러나 곧 냄새난다는 표정으로 손을 저으며 물러났다. 눈도 흘기고. 창피해서 얼굴이 빨개졌다. 냄새가 나서 미안하다.

학교 가는 길에 자료를 가지러 들른 거라며 선생은 곧 화실을 나갔다. 아직은 화실 문을 열 시간도 아니고 내가 오는 날도 아니라서 나도 나가야 했지만 선생이 봐줬다. 여기서 작업하고 싶으면 그냥 하라고. 열쇠까지 주면서. 선생은 열쇠를 잠시 맡겼을 뿐이지만 나는 몸이 떨릴 만큼 감동을 받았다. 여기 드나든 지 얼마 되지도 않은 나를 믿는다는 뜻이었다. 덕분에 나는 그 도안인가 뭔가처럼 보인다는 이걸 잘해보고 싶어졌다.

다른 선생이 올 때까지 나는 그림에 집중했다. 잠깐 소파에 구겨져 자기도 하고 물 끓여서 믹스커피도 마셨다. 배터리가 방전돼서 쓸모없게 된 휴대전화를 몇 번쯤 들여다보았지만 아쉬울 건 없었다. 필요하긴 해도.

엄마가 출근한 뒤라 느긋하게 샤워하고 옷 갈아입고 충전기와 여분 배터리도 챙겼다. 협탁에서 돈을 꺼낼 때는 쪽지라도 남길까 잠시 생각했지만, 이 정도는 엄마도 당해봐야 될 것 같아서 그만두었다. 그걸로 기하 돈부터 일단 채워 넣었다.

역시나. 맨 먼저 들어온 문자는 윤에게서 온 것. 잡다한 문자 속에서 눈에 띈 게 '일요일 12시 베네치아'였다. 갈까 말까. 펑키 머리가 좀 거슬리는데 기하가 올지 몰라서 가봐야 될 것 같다. 돈을 돌려줘야 한다. 어차피 고등학교는 무사히 졸업하기 어려워졌지만 나를 더 나쁘게 만들지도 모르는 이것은 찜찜해서 안 되겠다. 그런 데서 생일잔치하는 고등학생이라니. 아무리 부모 덕이 좋아도 그렇지 막내 심부름꾼 주제에.

부재중 전화가 몇 통. 저장된 이름이 별로 없는 걸 보면 중요하지 않은 것들이다. 지독한 엄마. 엄마로 저장해놓은 'M'은 없었다. 해리 번호가 한 번 찍혀 있었다, 잠시 거기에 눈이 멎었지만 문자도 없이 그것뿐이라 한숨을 쉬며 넘겨버렸다. 더스티 멤버라고 밝힌 문자도 하나 있었다. 장난으로 내게 그런 문자를 보냈다고 했다. 유치한 어린애들 정도로 생각하고 놀려먹고 싶었나 보다. 어린것들이 어떻게 노는지 한 번 구경하자는 식으로.

화실 근처 편의점에서 라면을 먹으며 유리문에 붙은 메모를 유심히 보았다. 새벽까지 일할 점원을 구한다는 전단지. 편의점 알바는 해본 적이 없었다. 미성년자라고 귀찮게 부모 동의서를 요구하는 데가 많아서. 밤엔 일하고 낮엔 화실에 있으면 하루가 해결될 것 같은데, 그렇게 되면 진짜로 학교도 집도 포기하는 거다. 그걸 지키려고 얼마나 마음을 다잡았는지 모른다.

늘 선택의 여지가 없었다. 내가 할 수 있는 것이라고는 나를 힘들게 하는 시설에서 도망치는 것, 나를 건드리는 길거리 애들한테서 얻어터지지 않으려고 싸우는 것, 밤을 버티기에 떡볶이가 나을지 튀김이 나을지를 고르는 것, 어떤 애가 어울려 다니기 편할지를 고르는 정도.

고민은 했지만 편의점에서 일하기로 한 것은 잘한 선택이었다. 사장이 관자놀이 흉터 때문에 의심의 눈초리로 나를 살

피고 있다는 것도 알고 일 시키기에는 너무 어리다고 생각하는 줄도 알지만, 어쨌든 일자리를 얻었고 잠자리도 해결했다. 검정고시 학원에 다닌다고 거짓말은 좀 했지만 생구라는 아니다. 학교로 못 돌아가면 그렇게 될지도 모르니까.

화실에 매일 나가는 조건으로 화실 청소를 맡기로 했다. 선생이 나를 잘 봐준 덕분이었다. 잠은 소파에서 자고 화집도 실컷 보고 뜨거운 물도 끓일 수 있으니 더 바랄 게 없었다. 그러면서 나는 내가 그리고 싶은 것들을 그려나갔다. 내가 끼적대던 것들을 누군가 봐준다는 게 좋아서 남의 그림 베끼던 건 잠시 접어두었다.

"이거, 누구한테 좀 보여줘도 되니?"

선생이 고사리 그림을 욕심내서 선물로 주었다. 선생이 그걸 어떻게 했는지 물어보지 않았다. 대신 손바닥 크기의 그림 값으로 3만 원을 받았다. 그 돈 받을 때의 떨림을 평생 잊지 못할 것이다. 그 정도는 이미 여러 번 벌어보았지만, 전단지 돌리고 햄버거 가게에서 번 돈과 왜 그렇게 다르게 느껴지던지. 그중에 가장 깨끗한 돈 하나를 지갑 맨 안쪽에 잘 꽂았다.

선물 같은 건 생각하지 못했다. 그런데 베네치아로 오는 길에 모자, 장갑 같은 걸 파는 가판에서 재미있는 마스크를 발견했다. 빙긋 웃는 모양. 난처할 때마다 마스크를 써야 하는 윤에게 어울릴 것 같았다. 누구에게 선물하려고 뭔가를 사기는 난생처음이라 기분이 아주 묘했다. 기분 좋다는 말로는 표현이 다 안 되는. 가슴 한쪽이 막 간지럽기도 하고 괜히 웃음도 실실 나왔다.

유치한 내 감정은 베네치아에 도착하자마자 이내 싸늘하게 식었다. 윤이 어떤 애들과 어울리는지 보려고 납시었는지 녀석 엄마 아버지가 떡하니 자리에 앉아 있었다. 그 옆에는 도진과 기하가 전에 없이 모범생 같은 자세로 앉아 있고. 나도 모르게 관자놀이 상처가 안 보이게 고개를 좀 돌렸다.

"아, 네가 그림 그린다는 김무? 잘생겼네."

회계사라는 윤의 아버지가 먼저 말을 걸었다. 또 욕이 튀어나오려고 했는지 윤이 입을 막고 고개만 끄덕였다. 녀석 엄마는 입꼬리만 올리더니 마침 다가온 뚱뚱한 남자에게 말을 건넸다. 나한테 아무 관심도 없는 그가 바로 진짜 셰프였다.

"제부가 알아서 챙겨줘요. 다들 먹성 좋을 때니까 부족하지 않게요."

"걱정 마시고 애들끼리 놀게 처형이 비켜줘요."

나는 주인처럼 보이는 남자와 윤의 엄마를 슬쩍 보았다. 제부니 처형이니 하는 촌수가 어떻게 이어지는지는 몰라도 이들이 친인척이라는 건 알 수 있었다. 그러면 그렇지. 이 정도쯤 되니까 윤 같은 애가 주방에 들어갈 수 있었겠지. 하여간 욕하는 것 말고는 부족할 게 없는 애다. 길거리표 마스크 따위 괜히 샀다. 이런 애한테 가당키나 한가.

윤의 부모가 점잖게 일어났고 녀석 엄마는 자리에서 떠나기 전에 우리를 한 번 더 보면서 자기 아들의 양어깨를 사랑스럽게 쓰다듬었다. 너희들과는 다른 애란다, 하는 것 같은 표정. 윤의 입에서 여지없이 욕 다발이 터지는 바람에 이내 찡그려졌지만. 늘 그랬듯 기하가 우스워죽겠다는 듯 킬킬거리며 손가락질을 했다.

탁자가 모자랄 정도로 음식이 나왔다. 모든 메뉴가 다 나온 모양인데 나는 지난번 고약한 경험 때문에 속이 메스꺼워서 별로 내키지가 않았다. 그새 다 나았는지 얼굴이 말짱해진 기하는 정신없이 집어 먹었고, 도진은 예의라도 차리는지 얌전을 떨었지만 여지없이 입술이 금방 너저분해졌다.

"속이 안 좋아?"

언제부터 보고 있었는지 펑키 머리가 탄산음료를 가져다주며 물었다. 윤이 벌떡 일어나더니 나 대신 굽신 인사를 했다. 이런 걸 가져다줄 사람이 아니라는 뜻이다. 내 생각에도 이건 주방에 있을 사람이 굳이 할 일이 아니었다. 나는 입안에서 싱싱하게 터지는 탄산을 한 모금 삼키며 주방으로 가는 펑키 머리를 빤히 보았다. 나한테 왜 이러는 걸까.

정신없이 먹는 동안 우리는 누가 봐도 친구였다. 욕쟁이라고 놀리면서도 기하는 요리책을, 도진은 시집을 선물로 준비

했다. 어쩌면 내 생각이 틀렸는지 모르겠다. 이런 식으로도 친구가 될 수 있는데. 내 선물을 애들은 비웃었고 윤은 애처럼 좋아했다. 참 어색하고 낯간지러웠지만 이렇게라도 내게 친구가 있다는 걸 확인한 순간이었다. 착각이라고 해도 그 순간은 나한테 진짜였다.

어린애처럼 부모가 만들어준 자리에 계속 있을 수는 없었다. 음식이 바닥나자마자 우리는 일어났다. 잘 지키라는 명령이라도 받았는지 우리가 일어서자 직원들이 다 쳐다보았다. 윤이 욕을 반이나 섞으면서 안심시켰다. 멀리 안 간다고. 옆에 있는 노래방 간다고.

너무 일찍 문을 열었는지 아줌마가 카운터에 앉아 졸다가 우리를 맞았다. 텔레비전에서도 노래방에 안 어울리는 건강 프로그램이 저 혼자 떠들고 있었다. 하지만 내 시선은 패널 중 하나에 꽂혀 아줌마가 애들을 방으로 데려가는데도 움직이지 못했다. 오늘은 둘이 나란히 앉아 있다. 그와 최송은. 명패도 폼 나게 가정의학과 전문의, 치과 전문의.

"네, 그렇군요. 그 정도면 따님들 자랑하셔도 됩니다. 그렇게 반듯하고 똑똑하고 예쁘게 키우기가 어디 쉬운가요. 이 모든 게 아내 되시는 치과 원장님 덕분이라는 건 아시죠? 능력 있으시고 자녀 교육도 완벽하신 분을 아내로 두신 거예요. 평생 업고 다니셔야 될 것 같은데요."

아나운서의 넉살에 모두가 웃음. 그는 머리를 긁적이는 시늉을 하며 크게 웃었고 최송은은 입을 가리고 웃었다. 특별히 더 주목받는 날인지 둘만 부부 동반이고 자리도 맨 가운데다.

"이쯤에서 원장님의 한마디를 좀 듣고 싶은데요. 원장님에게 최송은 원장님은 어떤 존재일까요?"

그가 또 카메라를 향해 웃었다. 겸연쩍어 하지만 피트니스 클럽의 그를 생각하면 계산된 연출이었다. 잘 매만져 자연스럽게 보이는 머리 모양이나 눈 밑의 잡티를 가린 화장처럼.

"꽃이죠. 딸들도 아내도 제 인생의 꽃입니다. 집에만 가면 제가 아주 꽃밭에서 삽니다. 하하하!"

주먹이 쥐어졌다. 당장 나가버리고 싶었으나 숨을 깊게 들이마시고 음악 소리가 흘러나오는 방으로 들어갔다. 엄마가 텔레비전에 화장품 병을 집어 던졌었다. 그때도 저런 소리를 지껄였나. 내가 이런 심정인데 엄마는 오죽했을까.

대낮부터 생일 어쩌고 한 것부터가 잘못이었다. 강냉이에 콜라도 우습고 노래도 심드렁하고 우리가 죽고 못 사는 친구도 아니고. 도진과 기하가 도대체 뭐 때문에 열을 올리게 됐는지 모르겠다. 화장실에 다녀와 보니 윤은 긴장해서 한 손으로 입을 틀어막고 한 손으로는 머리를 감싸고 있었다.

도진은 안경이 코까지 내려온 줄도 모르고 양손을 들고 열심히 떠드는데 매가리 없는 말투라 감 잡는 데 시간이 좀 걸렸다.

"인종, 여성/남성, 우성/열성, 계급. 이런 게 어떻게 극복되지?"

"웃기고 자빠졌다! 차별이 극복되지 않으면 노력이라는 걸 왜 하냐? 그럴 가치가 없잖아. 그러니까 네가 실패자인 거야, 짜샤."

"차별에 희생되면 실패자인 거야? 어떤 근거에서 그래?"

대강 짐작이 됐다. 도진이 또 같잖은 말장난을 시작했을 테고 기하가 밸이 꼴려서 이기죽거리는 거고. 짜증이 확 치밀어서 나는 탁자에 다리를 걸치고 소파에 기대버렸다. 아무래도 여기서 나가는 게 좋겠다. 예의상 집어 먹은 스파게티 몇 가닥이 살아서 기어 나오려고 한다. 방금 전 텔레비전에서 나온 소리만으로도 충분히 속이 뒤집어진 참이다. 윤을 슬쩍 보니까 욕을 참느라고 여간 고역스러운 게 아닌 모양이었다. 옆에서 친구가 그러거나 말거나 둘은 신경도 안 썼다.

"To be, or not to be, that is the question. 그 딜레마 상황을 패러디하는 과제였어."

"우아! 씨바. 셰익스피어의 4대 비극이 뭐냐는 문제는 봤어도, 시 전문을 패러디해라? 그래, 존나 잘났다. 너야 뭐, 검색의 달인인데 뭐가 문제야?"

"그건 시 아니고, 햄릿의 유명한 독백이야. 아무튼 그 선생님은 철저해서 안 통해. 나도 밤새워서 혼자 해냈어. 내가 찾은 딜레마 상황은 결혼을 할 것이냐 말 것이냐, 그것이 문제로다."

"크하하! 너도 그딴 거 고민해?"

웃기는 하지만 기하는 얼굴이 벌겋게 상기됐고 말투도 상당히 비틀려 있었다. 깔아뭉개야 속 시원할 도진이 어쩐지 자기보다 나은 상황에 있다고 느낀 듯했다. 그러는 중에도 윤은 계속 끅끅거렸다.

"만점 가까이 받았어. 나만 앞에서 낭독까지 시키더라고. 떨려서 더듬거리기는 했지만, 원래 동양인 깔보는 선생님이라 친구들까지 인정해줬어. 그런데 나중에 보니까 리포트 뒤에 코멘트가 있는 거야. Terrific! If it is yours."

나는 도진을 쳐다보았다. 이 자식 유학 갔다 온 거 맞나 보다.

"크학! 그래서 선생 찾아가 항의했다고? 네가? 너 원래 그런 놈이잖아. 솔직히 하나라도 뭐 안 뒤져봤겠어? 나라면 'Terrific! If it is indeed yours'로 써줬을 거다. 짜샤. 겨우 그딴 걸로 차별 어쩌고 하냐?"

이번에는 기하를 쳐다보았다. 얘들이 지금 도대체 무슨 소리를 지껄이는지. 말은 말인데 전혀 들리지가 않는다. 속이 뒤틀렸다. 윤까지 더럽게 계속 끅끅거리고 있다.

"이제 그만들 하지."

그 말을 하는데도 짜증이 났다. 안 그래도 별로인 내가 더 하찮게 느껴지고. 얘들이 뭔 소리를 씨불이는지 몰라도 진짜 차별은 이런 데서 오는 거다. 머리 좋은 놈들에 대한 찌질이의 열등감. 내 말이 들리지도 않는지 둘은 얼굴이 빨게져서 계속 떠들어댔다.

"야, 지식인. 진짜 네 문제가 뭔지 알아? 지금 어떤 상황인지 전혀 받아들이지 않는다는 거야. 하버드? 아이비리그? 작작해라. 너네 지금 반지하 사는 거 내가 모르는 줄 알아?"

기하가 이죽거리는 소리에 도진 얼굴이 창백해졌다. 큰 슈퍼마켓 집 아들이라더니. 그러자 떠올랐다. 그때 보낸 문자. 이 현실이 어쩌고, 꿈이라는 걸 증명할 수 없느냐, 뭐 이런 거였다.

"얄팍한 남의 정보나 뒤지는 주제에. 넌 그 입을 닥쳐야 돼. 그런 기회가 만약 나한테 왔으면 절대로 너처럼 낭비하지 않아. 세상이 그지 같으니까 너 같은 자식한테 그런 기회가 막 가지. 제대로 써먹을 줄도 아까운 줄도 모르는 놈한테."

"그래서 안기하는, 지라시 같은 거 만들면서 남의 인생 훔치나요?"

도진의 목소리가 한 단계 낮아졌고 기하의 눈이 무섭게 변했다. 도진의 안경 너머에 저런 눈이 숨어 있었던 거다. 급기야 윤이 욕을 쏟아내기 시작했다. 덩달아 먹었던 것들이 꾸역꾸역 넘어왔다. 도저히 봐줄 수가 없었다.

"그만들 닥치라고!"

그러자 도진과 기하가 거의 동시에 받아쳤다.

"너나 닥쳐!"

"알지도 못하는 게!"

나는 그대로 탁자로 올라가 기하 면상을 걷어찼다. 도진의 가슴팍을 내질러서 도진이 의자랑 같이 벌렁 넘어갔다. 성질 같아서는 실컷 분풀이하고 싶지만 고작 한 방에 기하 코피가 터져버렸다.

"너희들, 다시는 연락하지 마라."

피가 터진 기하 얼굴에 돈을 던져주고 윤을 끌고 나왔다. 별로 먹은 것도 없는데 토악질이 올라와 우리는 노래방 간판 옆에 볼썽사나운 증거를 남기고 거기를 떠났다.

그새 연락이 갔는지 베네치아 앞에 갔더니 펑키 머리가 나와 있었다. 나를 노려보는 눈초리가 예사롭지 않았다. 그는 윤을 들여보내고 나에게 다가왔다. 그리고 돌아서는 내 어깨를 우악스럽게 잡아 돌렸다. 결코 호의적인 눈이 아니었다. 그 눈에는 나를 잡아먹으려는 무서운 게 들어 있었다. 나는 본능적으로 그를 악착같이 뜯어냈다. 그러나 곧 멱살을 붙들렸다.

그의 관자놀이가 움찔했다.

"아, 뭔데? 나한테 왜 이러는데!"

나보다 겨우 머리 하나 정도 큰 남자에게 나는 단단히 잡히고 말았다. 우악스러운 손아귀에서 감히 벗어나기 어렵다는 걸 본능적으로 깨달은 것이다. 몸보다 더 큰 힘이 나올 때는 이유가 있다. 길거리 싸움에서도 독이 오른 애가 항상 이겼다. 반항하면서도 나는 몹시 불안했다. 이 사람이 나를 안다는 생각을 떨칠 수가 없었다. 누굴까. 설마 아니겠지. 얼핏 그런 느낌이 들었지만 착각이라고 머리를 털었다. 내가 너무 예민해진 탓이라고. 그런데 아무래도 그런 것 같다. 그때도 이렇게 무섭게 나를 노려봤었다. 영빈의 사촌 형.

힘이 쭉 빠졌다. 고개도 들지 못했다. 아무 생각도 나지 않았다. 죽은 토끼를 던져버리듯 펑키 머리가 나를 놓고 돌아섰다. 나는 주저앉아서 그의 발뒤꿈치가 사라지는 걸 멀거니 보았다. 그만 내가 죽어야 될 시간이 왔나 보다. 모든 게 한꺼번에 터질 때는 그러라는 뜻이겠지.

너무 어지러워서 껍데기처럼 흔들리고 발소리도 느끼지 못하며 걷고 걸었다. 텔레비전에서 웃던 그의 말소리가 속에서 끊임없이 웅웅거렸다. 딸들도 아내도 제 인생의 꽃입니다. 꽃밭에서 삽니다. 꽃. 그의 꽃은 그런 건가. 내 눈에는 무대의 해리가 꽃처럼 보였다. 슬프고 또 슬프고 아프고 또 아픈 꽃. 화실 선생은 내 그림이 꽃 같다고 했다. 내 악몽이 꽃으로 변해 3만 원이 됐다.

왜 하필 집으로 왔는지.

문이 열리지 않았다. 몇 번을 눌러도 경고음만 요란하게 울렸다. 엄마가 비밀번호를 바꾼 것이다. 웃음이 나왔다. 문 앞에 주저앉아서 얼마나 시간을 보냈는지. 샤워를 좀 하고 싶었다. 지금 죽는 건 상관없는데 그전에 좀 씻고 싶었다. 내가 너무 더럽고 냄새나고 불쌍하고 초라해서 좀 씻어줘야 할 것 같았다.

비밀번호 찍어.

문자를 보내도 답이 없었다. 그냥 가야겠다 싶었다. 이렇게 떠나는 게 내키지 않지만 여기까지다. 엄마랑 내 사이. 딱 여기까지. 그런데 일어날 힘이 없었다. 어지럼증이 기어이 나를 주저앉혔다.

거의 1시간이 다 돼서야 문자가 왔다.

그걸 왜 알려줘.

속 깊은 데서 한숨이 나왔다. 한숨 끝이 떨리는 게 울음이 묻어 나오는 듯했다. 그리고 엘리베이터에서 나오는 엄마와 눈이 마주쳤다. 여전히 차가운 그 표정이 꿈틀 일그러졌다. 딱 그 표정으로 엄마는 나를 쏘아보았고, 나는 달리 어떻게 할 수가 없어서 쳐다보았다.

"들어가 밥 먹자."

딱 한마디. 며칠 만에 보는 자식한테 그게 다였다. 겨우 그 소리에 간신히 버티고 있던 내 껍데기가 산산이 부서지고 말았다. 내가 그러거나 말거나 쌀쌀맞기 이를 데 없는 김난희는 비밀번호를 누르며 투덜거렸다. 이렇게라도 해야 네놈이 연락을 하지.

씻는 건 고사하고 죽은 듯이 잠에 빠졌다. 어쩌자고 우유 한 잔을 받아 마셨는데, 엄마가 거기다 수면제라도 넣은 것 같다. 기억이 흐릿해질 때 간절하게 기도했다. 이제 나 좀 그만 눈뜨게 해주세요.

여지없이 눈이 떠졌다. 살을 가르며 눈뜨는 것처럼 여지없이 또 아프다. 아직 아닌가 보다. 내가 끝날 시간이. 겪어야 할 게 더 남았으니 또 이렇게 눈이 떠졌겠지. 어이없이 배도 고프고. 한밤중이었다. 물이라도 마셔야 할 것 같아서 나가는데 주방에 불이 훤했다. 엄마는 취해서 식탁에 엎드린 채 혼자서 주정인지 잠꼬대인지를 웅얼거리는 중이었다.

"다 죽었어, 씨이. 누구는 뭐…… 처음부터, 윽. 이런 줄 알아, 으음…… 나도 한창땐 괜찮았어. 이쁘고…… 꿈도 있고…… 아, 씨이. 이게 아닌데. 이거 아냐…… 아니지. 푸우……"

물을 마시며 널브러진 엄마를 물끄러미 보았다. 화장하고 잘 꾸미면 노처녀 정도는 돼 보이더니 저렇게 퍼지니까 훨씬 더 늙은 거 같다. 식탁 한쪽에는 나 때문에 차렸는지 밥상이 그대로 말라 있었다. 나는 엄마를 부축해 방까지 데려갔다. 정신이 돌아왔는지 엄마가 양손으로 내 볼을 감싸고 또 한바탕 욕을 퍼부었다. 덜 취했는지 아예 깼는지 아주 말짱해 보였다.

"검정고시? 웃기시네. 나라고 안 해본 줄 아냐, 으윽…… 인생 만만한 거 아니다. 나는 화가 나. 나 때문에…… 내 인생인데…… 내 인생을, 푸우! 그때, 너무 쉽게 포기한 거야."

그러더니 철썩 내 뺨을 쳤다. 느닷없는 봉변을 안기고 그대로 쓰러져 코를 고는데 꼭 쇼하는 것처럼 어이가 없었다. 그나저나 검정고시라니. 나한테는 전화 한 통 안 하면서 그새 뒷조사를 하고 다니셨나. 검정고시 소리가 나온다는 건 내가 편의점에서 일하는 것도 알아냈다는 건데.

"아, 알바……"

새벽 1시가 넘었다. 또 협탁에 손을 대는 수밖에 없었다. 이번에는 좀 미안한 생각이 들었다. 콜택시를 기다리는 동안 나는 몹시 떨었다. 이가 딱딱 부딪칠 만큼 추운 건 속이 빈 탓이기도 했다. 콜택시까지 불러 타고 갔건만 편의점 사장은 손을 저었다. 내가 늦게 가서가 아니었다.

"네 엄마 무섭더라. 노동청에 고발하겠다니. 오갈 데 없는 거 받아준 게 그렇게 큰 죄냐?"

나는 허리를 굽혀 사과하고 편의점을 나왔다. 새벽 2시가 돼가는데 갈 곳이 없었다. 집으로 가자니 비밀번호를 모르고, 취해서 잠든 엄마가 열어줄 것 같지도 않다. 추운 거리를 오들오들 떨면서 한참 걸었다. 길거리는 취한 사람들과 미친 듯이 달리는 차들뿐. 블랙콜이 아직 열려 있을 거라는 생각이 들었다. 해리의 말이 생각났다. 나랑 가족 할래?

불 꺼진 틈새 분식집 앞에서 걸음이 멎었다. 여기를 들락거리던 게 아득한 옛날 같다. 건너편 병원도 불이 꺼져 깊이 잠든 것처럼 보였다. 텔레비전에서 웃던 그의 얼굴이 떠올랐다. 제 인생의 꽃이죠. 그 열일곱 살짜리한테는 양심의 가책도 없이. 그때는 엄마도 엄마 인생의 꽃이었을 거다.

생각해보니 겨우 내 나이였다. 열일곱에 그를 만나 열여덟에 미혼모가 됐다. 어떻게 살아야 할지 나는 도대체 모르겠는데 꿈도 있었단다. 겁도 없이 애를 선택하고 학교를 잃었다.

나는 주변을 둘러보았다. 그리고 깨진 보도블록을 주워들었다. 주먹만 한 그것을 힘껏 쥐었다가 죽을힘을 다해 던졌다. 오기가 단단히 실린 덩어리를 튕겨내느라 내 몸은 활시위가 되어 겁 없이 도로 가운데까지 끌려갔다.

파악!

유리 깨지는 소리가 아주 이상했다. 당장 요란하게 경보기가 울렸고 나는 골목으로 숨어들었다. 그리고 화실 소파에서 단잠에 빠졌다.

화살

오랜만에 학교에 나타난 나를 애들이 경계했다. 이런 일이 처음은 아니라서 나는 덤덤하게 받아들였다. 아예 무시하는 부류와 슬슬 피하는 부류, 그리고 나를 주목하기 시작한 애들도 있었다. 나쁜 징조다. 나를 지키기 위해 나는 검은 테 안경을 벗었다. 몸에 힘을 주었고 누구든 건드리면 초반에 끝장낼 각오를 하고 지내야만 했다.

담임이 호출했다. 당연히 일장 훈시를 들어야 했고 벌로 1주일 교내 봉사를 할당받았다. 엄마가 찾아와 뭐라고 했나 몰라도 처벌 수위가 낮았다. 엄마는 진짜로 엄마가 되기로 작정한 모양이다.

더 이상 혜인을 보지 않았다. 여전히 혜인은 좋은 애다. 전화는 더 안 하지만 나는 걔가 나를 훔쳐본다는 걸 알고 뭔가 말하고 싶어 한다고 느꼈다. 언뜻언뜻 혜인이 느껴질 때마다 미안하고 가슴이 시렸지만, 어떻게 해야 할지 모르겠다. 쏘아버린 화살처럼 한번 엇갈리면 되돌리지 못하겠다.

2통의 해리 문자. 스팸처럼 찍혔던 '오랜만이다. 연락해'를 보낸 번호가 해리 전화였다. 두 가지 부탁이 있다고, 그 말뿐인 짧은 문자를 나는 그냥 덮어버렸다. 고작 1년 알았고 그보다 몇 배의 시간을 연락 없이 지냈는데 뭘 부탁씩이나. 어이없기도 하고 부담스러운 일일까 봐 거부감부터 생겼다.

아무 일 없이 조용하게 하루하루가 지나갔다. 나는 엄마와 옆방 식구로 지냈고, 할당받은 처벌을 무사히 치러냈고, 습관처럼 윤의 문자가 왔고, 화실에 꼬박꼬박 나가서 점점 더 복잡하고 섬세한 그림을 그렸다. 더는 틈새에 가지 않았고 도진이나 기하 생각도 하지 않게 됐다.

그렇게 11월이 가고 있었다.

종례를 마치고 나가는데 담임이 나를 교무실로 불렀다. 뜻밖에도 경찰이 와 있었다. 그리고 대뜸 CCTV 이야기를 꺼냈다. 병원에 피해를 입힌 범인으로 내가 확인됐단다.

"김무? 이름도 참! 너, 피트니스 클럽에도 잠깐 다녔던데. 그때부터 뭔가 계획했나?"

머릿속이 따끔거리기 시작했다. 나는 경찰을 쳐다보고 담임을 곁눈질로 보며 고개를 숙였다. 내가 길거리 카메라에 찍힐 거라는 생각은 못했다. 그걸 통해서 그동안 나를 추적했던 모양이다. 나쁜 예감이 이런 식으로 확인될 줄 몰랐다. 무슨 배짱으로 일을 저질러놓고 너무 태평했다.

"도난당한 건 없다면서요."

도난. 그 말이 무겁게 나를 눌렀다. 담임이 내 편에서 말하는 것처럼 보였으나 나를 흘깃 보는 눈초리는 네가 그러면 그렇지, 하고 있었다. 길거리를 떠돌 때도 위탁 가정에서도 뭘 훔치는 짓만큼은 안 했다. 나라도 나를 그렇게 지키고 싶었다. 그런데 무슨 소용이람. 위탁 가정에서도 나는 도둑으로 몰렸고 지금도 담임은 나를 그런 애로 단정하는 게 분명하다.

"너, 왜 그랬어?"

담임이 물었다. 경찰만 없으면 한 대 치고 싶은 얼굴이었다. 잠자코 있으려다 엄마를 생각해서 대강 얼버무렸다. 나 때문에 학교 와서 틀림없이 더 안쓰러운 처지가 됐을 김난희. 나 때문에 편의점 사장을 찾아가고 현관 비밀번호를 바꾸면서 연락을 기다린 사람. 하나뿐인 가족.

"치료를 제대로 안 해줘서요. 여기 덧나서 무지 고생했거든요."

"에라잇! 겨우 그런 걸로."

기어이 담임 손이 올라갔지만 차마 때리지는 못했다. 그러나 경찰은 달랐다.

"새벽 3시에?"

순간 나를 보는 담임 얼굴이 달라졌다. 철딱서니 없는 애 취급이다가 이것 봐라, 하는 경계의 눈초리가 확연히 드러났다.

"간단한 파손이라도 저쪽에서 세게 나오면 처벌받아야 돼요. 점잖은 저명인사라 이 정도죠."

"아, 네. 다행이네요."

실소가 나올 뻔했다. 텔레비전에만 나오면 저명인사인가. 내가 아무리 배운 게 짧아도 그 말이 붙을 자리가 아니라는 건 안다.

"훈방쯤으로 정리가 될 겁니다만, 조건이 있어요. 찾아와서 정중하게 사과를 하라고 하십니다. 그게 어딥니까. 다 학생의 미래를 위해 배려하시는 거죠."

"그럼요. 당연히 그래야죠."

나는 입술을 안으로 말고 힘껏 깨물었다. 내 미래를 위해 그가 걱정을 다 하셨단다. 이참에 그를 한번 똑바로 보는 건 어떨까. 다행스럽게도 선처해준다지 않나. 그에게 그 정도 한 게 죄가 되는 줄 몰랐지만 말이다.

"11월 25일. 날짜를 지정하셨어요. 워낙 바쁜 분이고 환자도 많아서. 너 말야, 김무. 그것 참! 부르기도 어렵네. 똑바로 해. 그런 분 만난 거 행운으로 알고 말야. 반드시 그분 확인서

받아서 나한테 가져오고."

"학생 혼자서 가도 됩니까? 아니면, 부모님이나 제가……"

"부모님이랑 가야죠. 부모 책임도 있는 거니까."

경찰이 내게 사건 경위와 고소인의 조건이 명시된 종이 한 장을 건네고 갔다. 그의 뻣뻣한 등에 나는 예의상 고개를 숙였고 담임은 깍듯하게 인사를 했다. 그리고 날짜를 재차 강조하며 병원에 사과했다는 증거를 자기한테 먼저 보여주고 경찰서에 내라고 했다.

복도 끝에서 나를 쳐다보고 있는 애들이 있었다. 처음이 아니다. 다시 등교하면서부터 벌써 몇 번째. 심지어 화실에 갈 때도 얼핏 뒤를 밟혔던 것 같다. 아무래도 먹잇감이 될 것 같다. 최상은 피해 가는 거고, 최악은 무사히 졸업하기 틀려지는 거다. 지금은 셋이지만 놈들 뒤에 얼마나 더 있을지. 더 이상 같이 싸워줄 편도 없는데. 불행은 꼭 친구를 데리고 온다더니 겪어내야 될 일이 얼마나 더 있을까.

앞으로 열흘. 정말 그에게 가야 되나. 부모 책임도 있으니 부모와 같이 찾아가라. 어떤 부모랑 누구를 찾아갈까.

문자가 왔다. 윤이다.

도진이 옥상에서 뛰어내렸대. 장수병원 623호.

"뭔 소리야."

전화를 하려다가 욕이나 들을 게 뻔해서 가방만 챙겨가지고 뛰었다. 나를 쳐다보던 애들이 놀라서 비켰을 만큼 다급했고 걔들이 눈에 들어오지도 않았다.

택시를 타고 가는 동안에도 윤의 문자가 계속 도착했다. 지금 거기 가 있는 모양이었다. 그런데 옥상에서 뛰어내린 게 벌써 1주일 전이란다. 위급 상황을 넘기고 지금은 입원실이라고. 자기도 도진 문자를 받고서야 알았다나. 도진의 문자를 뒤져보았다.

무. 지금 이 현실이 꿈이라는 걸 증명할 수는 없을까.

이런 녀석이 마음에 안 들고 이따위 말이 싫을 뿐이지 이게 도진이라는 걸 이제 알겠다. 녀석은 이런 방식으로 살고 이렇게 힘들어하고 이렇게 자기를 드러낼 수밖에 없나 보다. 나만큼 외로운 애. 그것도 이제 알겠다. 유학 갔다 실패하고 온 애한테 친구가 남아 있을 리 없지. 이쪽에도 저쪽에도 낄 수 없는 것도 나랑 마찬가지. 동전의 양면처럼 우리는 참 다르고도 비슷하다.

병원 앞에서 기하랑 마주쳤는데 그 자식이 먼저 모르는 척 지나가 버렸다. 벌써 들어갔다 나왔는지 표정이 좋지 않았다. 굳이 아는 척할 필요도 없지만 그렇게 가버리니 감자라도 먹이고 싶은 심정이었다. 기하. 난 저 자식이 늘 거슬렸다. 도진이 비위 상한다면 저 자식은 뭐랄까, 얼굴 뒤에 뭐가 더 있는 것처럼 꺼림칙했다. 분명치 않은 그게 항상 거슬렸는데, 오늘은 왠지 마음이 쓰인다.

도진은 그야말로 꼴이 가관이었다. 머리를 친친 동여맸고 오른쪽 팔과 다리는 깁스를 해서 미라가 따로 없었다. 멀쩡한 쪽도 상처투성이. 손톱만 겨우 나온 그 손가락으로 꼭꼭 눌러서 문자를 보냈다고 생각하니 웃음이 다 나왔다. 입도 못 움직여서 손톱밖에 안 보이는 그게 유일한 소통법이었다. 잘 눌러쓰라고 병원에서 반창고로 휴대전화를 누르기 좋은 위치에다 아예 붙여주었단다.

"얘 안 죽은 거 맞아?"

윤이 고개를 끄덕이고 단체 창에 썼다.

죽다 살았대. 큰 나무로 떨어져서 이 정도. 나무는 부러지고.

"옥상에서는 왜 떨어졌냐? 안 무섭디?"

윤 거기까지 가는 건 괜찮았는데 떨어질 때 무서웠대.

도진 거기서 거기까지 한발 차이였어. 죽는 거.

"미친놈."

윤 그러지 마. 환자한테.

도진 나는 내 현실을 증명하고 싶었어.

"끝까지 잘난 척이지. 그래, 너 똑똑하다."

윤 똑똑한 건 맞는데 이번엔 멍청했어.

나는 윤의 어깨를 툭 치며 웃었고 도진은 묵묵부답. 윤이 그런 소리도 한다는 게 기특해서였는데 아픈 애한테는 좀 미안했다.

"기하, 병원 앞에서 봤는데."

이번에는 둘 다 묵묵부답. 윤이 고개를 저으며 하지 말라는 신호를 보냈다. 뭔가 있나 보다. 그날, 나는 윤을 끌고 나왔고 둘은 노래방에 있었다. 거기서 무슨 일이 더 있었나 보다.

"기하 때문이야? 걔가 너더러 죽으라대?"

왜 눈치 없이 그러느냐는 듯 윤이 찡그리면서도 고개를 끄덕였다. 곧이어 욕이 또 한 다발. 도진이 웃으려다가 죽는소리를 냈다.

"뭐 이런 븅들이 있어? 그런다고 그러고, 그러라는 놈은 또 뭔데?"

어이가 없지만 남자애들이 멱살잡이를 하다 보면 별소리가 다 나오게 돼 있다. 그동안 기하가 도진을 대하는 태도를 보면 그런 소리쯤 충분히 하고도 남는다. 저보다 못나 보이는 도진이 유학 간 게 기회의 낭비라고 생각한 애였으니까. 걔도 참 안됐지만, 더 문제는 도진 같은 애가 그런 소리를 소화시킬 타입이 아니라는 데 있다. 결국 기하는 병원 앞까지 왔다가 그냥 간 거였다.

도진 찾았어?

윤이 얼른 가방 속에서 프린트한 종이 하나를 꺼냈다. 총을 겨눈 병사의 포스터가 기다란 원기둥에 붙어 있는 그림인데, 포스터가 원기둥을 두르고 있어서 병사의 총구가 결국 자기 뒷목을 겨누고 있는 형상이었다. '뿌린 대로 거두리라'는 문구가 붙은 반전 광고로 공모전 수상작이었다.

도진 대신 전해줘.

윤 기하가 받을까.

도진 받아야 돼.

역시 검색의 달인 도진이다. 저렇게 처매고 누워서도 인터넷에서 이런 걸 찾아오게 하다니. 소심하게 이런 식으로 복수하나 싶었지만, 결국 둘이 해결할 일이었다. 윤과 나는 도진에게 들어온 음료수를 골고루 골라 먹고 새콤한 귤도 몇 개 까먹고 일어났다.

문을 열고 나가려는데 문자가 떴다.

도진 무, 우리 친구 맞지?

윤 아님 뭐?

나는 미라 같은 도진을 보고 윤을 보았다. 그러고 보니 별생각 없이 여기까지 달려왔다. 다시는 연락하지 말라고 경고까지 해놓고.

"그런 꼴로 날 위해 싸워줄 수 있냐? 그 정도는 돼야 친구지."

윤이 놀란 눈으로 나를 쳐다보았다. 녀석들은 너무 순진하거나 곧이곧대로 들어서 참 답답하다.

"다 낫거든 그때 한번 생각해보자."

도진은 문자를 더 보내지 않았다. 자기 아들을 문병 와주는 친구들이 있다는 게 뜻밖인지 도진의 부모는 몇 번이나 또 오라고 했다. 기하 말이 맞는가 보다. 큰 슈퍼마켓의 부자 사장님 같지 않았다. 아들이 옥상에서 뛰어내린 충격 때문에 그렇게 보였는지도 모르지만.

윤과 나는 병원 앞에서 헤어졌다. 헤어지기 전에 윤이 문자를 확인하며 욕을 또 주르륵 내뱉었다. 학원 안 가고 뭐하느냐는 녀석 엄마의 문자였다. 윤은 학원 들어갈 때마다 엄마 휴대전화에 확인 문자가 뜨는 데를 다니고 있다.

나는 화실로 가기 위해 전철을 탔다. 윤이 '너 누구랑 싸워?' 하는 문자를 보내왔지만 무시했다. 누구랑 싸우는 것보다 더 문제가 경찰서에 갖다 바쳐야 되는 확인서다. 겁은 안 난다. 경찰이 말할 때도, 담임이 심각하게 강조하는데도 이상하게 우스웠다. 다만 엄마 모르게 이걸 처리하는 게 고민이다.

화실에 들어가자마자 선생이 편지를 한 통 주면서 묘한 웃음을 보였다. 입구가 봉해진 봉투였다.

"그런 여자 친구가 다 있었어? 멋지더라."

해리가 떠올랐다. 짐작대로였다.

여기를 알고 있는 줄은 몰랐다. 기하. 녀석을 통해서라면 해리는 내 집은 물론이고 학교며 요즘 내 상황까지 다 알 수도 있다. 둘은 어떤 관계일까. 저번에 본 해리는 기하 이름 정도만 아는 것 같았는데.

봉투에는 기차표와 메모지가 같이 들어 있었다.

20일 8시 45분 용산역.

뮤. 첫번째 부탁이야. 같이 가줘.

토요일 아침이다. 여행이라도 가나. 목매고 쳐다보는 기하도 있는데 왜 나일까. 부담스럽고 불편하다. 해리하고는 어떤 식으로든 엮이고 싶지 않은 게 솔직한 심정이다. 무심코 도착역을 보았다. 순간, 속이 뜨끔했다. 사면동과 연결된 모든 것에 나는 피가 굳는다. 해리도 마찬가지 아닌가. 그런데 거길 가겠다고? 이제 와서 거기는 왜. 도대체 왜.

날마다 머리가 무거웠다. 담임은 나를 볼 때마다 경찰서에 가져갈 확인서를 강조하고, 해리가 보낸 기차표는 아무리 무시하려고 해도 머릿속을 떠나지 않고, 엄마는 자주 술에 취하고, 기회를 엿보는 들개들도 신경 쓰이고. 생뚱맞게 오늘 아침에는 엄마가 오십은 먹은 사람 얼굴을 해서는 중얼거렸다. 기회다 싶으면 최선을 다해야지. 인생은 힘들잖아.

화실 가기 전에 틈새에 들렀다. 윤이 같이 저녁을 먹자고 해서 오랜만에 왔는데 시간이 지나도 윤은 오지 않았고, 원탁은 이미 다른 사람들 차지였다. 긴 탁자에도 자리가 별로 없어서 나는 윤을 기다리며 전화기를 만지작거리고 건너편 병원을 무심코 쳐다보곤 했다.

멀뚱히 있기가 그래서 작은 4B연필을 꺼내 전단지 뒷면에 게임 캐릭터를 끼적이기 시작했다. 하얀 뒷면이 아까워서였다. 그걸 다 그리기도 전에 낯익은 애 둘이 다가왔다. 복도 끝이나 학교 체육관 뒤에서 나를 흘깃거리며 저희끼리 숙덕거리던 애들. 드디어 겪어야 될 게 온 모양이다. 나쁜 예감은 늘 적중한다.

"잠깐 좀 보자."

나는 잠자코 벽을 보았다. 나갈 수밖에 없을 거다. 놈들 뒤에 얼마나 더 있을지 몰라도 혼자 감당하기 어려울 거다. 위기다. 당연히 다칠 거고, 최악의 경우 학교도 포기해야 될 거다. 이런 싸움은 이겨도 져도 피해를 볼 수밖에 없고 이겨도 져도 놈들한테서 못 벗어난다.

"알았는데, 나 경찰서 문제라도 해결하고 보면 안 되겠냐?"

애들이 픽 웃었다. 동시에 주변 사람들까지 나를 보았다. 상황을 감지한 아줌마 표정이 당장 변했고, 더 버티면 문제가 복잡해질 것 같아 나는 걔들을 따라 나갔다.

건너편 병원을 흘깃 보았다. 아직 불이 켜진 저기서 그는 오늘도 편안하시겠지. 여기는 경찰서에 바칠 확인서도 모자라 싸움판까지 보태질 판인데.

골목으로 갈수록 애들이 하나둘 붙더니 재개발 예정으로 철거 중인 동네까지 오자 열 놈이 넘게 모였다. 다른 교복 애들까지 있는 걸 보면 폼이나 잡는 것들이 아니다. 나를 두고 무슨 상상들을 했기에 이렇게 거창할까. 불량한 인상을 주는 상처도 어이없게 얻었고 길거리에서도 가능하면 싸움은 피하는 쪽이었다. 나의 마이너스 요인은 항상 관자놀이 흉터. 친구를 해친 대가로 평생 치러야 할 형벌의 증거.

주머니 속에서 진동이 울렸다. 보나마나 틈새에 도착한 윤이다. 걔들이 저희끼리 몇 마디 하는 동안 나는 통화 버튼을 눌렀다. 무심코 넣은 4B연필이 손에 잡혔다.

"너 같은 애를 왜 이제 알아봤을까."

모르는 애는 아니었다. 2학년이고, 볼일이 따로 없어서 상관없이 지냈을 뿐 애들을 끌고 다니는 걸 본 적도 많다. 무사히 잘 지내고 싶었는데. 놈한테 걸리면 돌이킬 수 없다. 언제나 그랬다. 나한테 벌어지는 일은 반성문 쓰고 용서받을 수 있는 게 하나도 없었다. 빗나간 화살인 줄 알면서도 어디에든 날아가 박혀야만 했다.

"경찰 조사 받아? 전적이 좀 있냐, 너?"

"재밌는 물건이네."

"그것부터 들어보자. 어떤 레벨인지."

애들이 점점 모여들었다. 여기서 멀쩡히 나가기는 틀렸다. 윤이 온다고 해도 무슨 도움이 될까. 어차피 하나밖에 못 잡는다. 오래 버티지도 못한다. 단시간에 딱 한 놈.

"알 거 없어. 사적인 거라."

경계하지 않게끔 나는 2학년의 시선을 피하며 대답했다. 놈이 이 가운데 우두머리로 보이고 몇 발짝 앞에 있다. 틈을 내줬으니 놈이 실수한 거다. 모르긴 해도 몸집은 작아도 지독하고 날랠 것이다.

말이 짧다 싶었는지 뜨악해하던 애들이 순식간에 치고 들어왔다. 나는 뭔가에 등짝을 찍히고 엎어지며 곧장 놈에게 달려들었다. 눈이 튀어나오게 터지기도 했지만 목표물을 놓치지 않았다. 예상대로 거칠고 잽싼 놈이라 죽을힘을 다해 붙잡았고 기어이 무르팍으로 명치를 짓누르고 목을 움켜쥐었다. 그리고 4B연필을 쳐들었다. 끝장내고 말 것이다. 나를 건드린 놈도 나도 같이 여기서 끝이다. 내 목덜미로는 벌써 피가 흘러내리고 놈의 얼굴은 연필로 찍기 적당한 곳에 있었다.

"그만해!"

어른들의 고함 소리와 호각 소리가 여기저기서 들리며 건

장한 남자들이 달려들었다. 나는 얼핏 펑키 머리를 본 것 같았다. 그가 내 팔을 비틀었고 반항하는 나를 후려갈겼다. 정신을 놓치면서 나는 펑키 머리를 끝까지 보았다. 역시 그랬다. 영빈의 이름으로 나를 잡으러 온 영도 형이었다.

응급실에서 정신이 들었다. 멍한 상태에서도 온몸이 욱신거리고 머리가 깨질 듯이 아픈 게 다 느껴졌다. 나는 누운 채 내 상황을 점검했다. 링거를 맞는 중이다. 발은 움직일 수 있다. 팔뚝에 붕대. 머리가 두툼한 걸 보니 어디 찢어졌나 보다. 엄마 말소리가 들려서 얼른 눈을 감았다.

"왜 하필 걔가. 어쩌다가 연결된 거야. 도대체 우리 팔자는 왜 이래. 너 때문이냐, 나 때문이냐……"

아무리 짜증이 나도 그렇지, 환자 가슴팍에다 수건 같은 걸 냅다 집어 던진다. 그리고 속이 뒤집어져라 한숨. 푸념은 해도 도망 안 치는 걸 보니 진짜 엄마가 되기로 한 거 맞다. 미안하다. 잘해보고 싶었는데, 나는 도무지 어떻게 피해야 하는지 모르겠다. 다른 애들이 별 탈 없이 무사히 살아가는 게 신기할 따름이다.

윤이 올 줄 알았는데 응급실에서 나갈 때까지 나타나지 않았다. 문자도 없었다. 펑키 머리가 올까 봐 걱정이었으나 그 역시 오지 않았다. 아마도 윤이 그를 불렀을 것이다. 나를 후려 팼지만, 결과적으로 그가 나를 위기에서 구했고 아찔한 사고도 막았다. 나는 충분히 4B연필을 무기로 쓸 수 있었다. 나를 구제해주기 바랐던 도구를 나를 끝장내는 무기로 쓸 뻔했으니 아직 멀었다. 쓸 만한 생각이라는 걸 언제쯤이나 하게 될까.

그나저나 윤의 문자가 없는 건 이상하다. 전화기를 빼앗기지 않고서야 이럴 애가 아니다. 짐작은 된다. 아들에게 안테나를 꽂은 부모가 이 상황을 모를 리 없고, 안다면 가만있을 사람들이 아니다.

통원 치료도 가능한데 엄마가 기어이 병실을 잡아 나를 가두었다. 보험 설계사라 입원 치료로 얻을 혜택을 따져보고 결정한 것인데, 그 바람에 나는 귓병 검사를 받아야만 했고 엄마는 자기 아들에게 어지럼증이 있다는 걸 17년 만에 처음 알게 됐다. 게다가 정신과 상담까지 권유받았고. 병원은 엄살쟁이가 되라고 강요하는 데다. 귓병은 몰라도 정신과 상담은 개가 웃을 일이다.

집으로 돌아오는 내내 울 것 같은 엄마 얼굴이 꼭 열일곱 소녀 같았다. 우리는 앞서거니 뒤서거니 잠자코 집까지 왔고 조용히 각자의 방으로 들어가 문을 닫았다. 혼자서 술 마실까 봐 신경이 쓰였는데 자고 일어나 보니 밥만 차려놓고 또 방에 박혀버렸다.

병원에서 내내 잠만 잔 탓에 너무 일찍 일어났다. 창밖이 아직 어두웠다. 어둠이 익숙해지니 방 안이 훤히 다 보이고 정신도 또렷해졌다. 토요일. 해리와의 약속. 도대체 그 지겨운 곳에 왜 가려는 걸까. 나까지 데리고. 나만큼이나 징그럽고 싫을 텐데. 아니, 걔는 나보다 더할 텐데.

가야 되나. 무시할까. 내가 안 가면 혼자라도 갈 셈인가. 아무리 생각해봐도 이해가 안 된다. 돌지 않고서야 죽어라 멀어져도 모자랄 판에 이제 와서 제 발로 찾아가겠다니.

결국 옷을 챙겨 입고 쪽지를 남겼다.

바람 쐬고 올게.

천천히 갔어도 1시간이나 일찍 도착했다. 에스컬레이터를 타고 올라가며 광장 오른쪽 화단을 보았다. 나무 밑에 검은 형체가 웅크리고 있는 게 보인다. 간밤의 추위와 어둠이 아직 고여 있는 것처럼. 딱 한 번 저기서 나도 저렇게 밤을 보낸 적이 있었다. 우울하다.

어디론가 바삐 가는 사람들과 피로하고 때에 찌든 부랑자가 확실히 구분되는 대합실에서 나는 해리를 금방 알아보았다. 빨간 모자에다 화사한 색깔이 직조된 코트를 입어서 안 그래도 눈에 띄는 애가 더 잘 보였다. 해리도 나를 금방 알아보았다. 창백하고 무표정하다. 더스티 팸플릿의 바로 그 표정. 우리는 인사도 없이 나란히 앉았고 승차 시간이 될 때까지 그냥 기다렸다. 그리고 뚝 떨어진 자리에서 각자 시간을 보내며 사면동으로 향했다.

그동안 해리는 문자 하나만 보냈다.

고마워.

해리한테 궁금한 게 너무 많았으나 물어보기도 그렇고, 어쩌자고 여기를 따라왔는지 후회해봐야 소용도 없어서 다 포기하고 잠이나 잤다. 이것 역시 쏘아버린 화살이다. 분명한 건 하나. 해리가 거기로 갈 수밖에 없는 상황이 있을 거라는 짐작.

언제 왔는지 해리가 옆에 앉아 있었다. 종착역이 머지않아 자리가 거의 다 비었고 잠든 사이에 내 옆자리 승객도 내린 모양이었다.

"머리 다쳤니?"

나는 대답 대신 붕대가 안 보이게 비니를 더 잡아당겼다. 해리는 잠자코 창밖을 내다보기만 했다. 뭐가 초조한지 창밖을 보면서도 손톱을 계속 뜯고 있었다. 손가락 하나는 피가 날 정도로 거스러미가 뜯겨서 더 그러지 못하게 손을 툭 건드렸다. 해리가 놀라서 돌아보는데 확실히 불안한 얼굴이다. 당연하다. 지옥 구덩이가 바로 코앞이다.

"도대체 무슨 생각인데?"

오래 참았다가 겨우 물었건만 해리는 금방 대답하지 않았다. 창밖을 내내 보다가 지나가는 말처럼 시큰둥하니 말했다.

"죽었대, 어제. 중환자실 있을 때 볼 생각이었는데."

나는 자세를 고쳐 앉았다. 설마 그 늙은이가 죽었다는 말인가. 그래서 그 문상인가 뭔가를 가는 길이라는 건가. 머리 뚜껑이 열린 것처럼 어이가 없어서 나는 해리를 노려보았다. 모르는지 무시하는지 해리는 홀쭉한 헝겊 가방을 뒤적이더니 마이크를 꺼냈다.

"내가 처음 무대에서 잡았던 거야. 정말 허접하지."

"연락이 와? 그렇다고 가? 너, 제정신이야?"

"모르겠어. 뭐가 제정신인지."

생각할 것도 없이 받아치는 걸 보니 해리도 이 문제를 여간 고민한 게 아닌 모양이다. 뭐 이런 개 같은 경우가 다 있나. 그러고도 연락을 하다니. 그러고도 친척이라고 예의를 차리라는 건가.

속이 들끓어서 고개를 돌려버렸다. 멍청한 해리가 꼴도 보기 싫고, 생각 없이 따라온 내가 등신 같아서 미칠 지경이었다. 여지없이 또 진땀이 나기 시작했다. 해리가 내 손을 쥐어서 탁 쳐버렸는데 그사이에 손수건이 손아귀에 들어와 있었다. 그것을 꼬깃꼬깃 주무르며 나는 내내 창밖만 보았다.

장례식장은 시내였다. 생각 같아서는 혼자 들어가라고 하고 싶었지만 차마 그러지 못했다. 얼굴이 더 창백해지고 떨기까지 하는 해리. 더스티 팸플릿의 바로 그 표정. 두려움에서 나온 거였다.

초라한 인생을 말해주듯 장례식장도 칙칙하고 빈소에는 흔해빠진 화환 하나도 없었다. 안에는 상복을 입은 칙칙한 사람들과 시골 노인들이 바글바글 모여서 상가가 맞는지 의심스러울 만큼 먹고 마시는 중이었다. 원래 이렇게 죽는 사람이 많은 건지 방마다 죽은 사람들을 위한 잔치가 한창이고 가끔 어디선가 우는 소리가 발작처럼 나타났다 사라지곤 했다. 그 속에서 해리는 단연 돋보였다. 너무 칙칙한 곳이라 그 화려함이 모든 사람들의 시선을 끌기에 충분했다. 걸을 때마다 화사한 옷자락이 흔들려서 어두운 골목으로 살아 있는 꽃이 걸어가는 것 같았다.

4호실에서 해리가 멈추었다. 해리가 나를 돌아보더니 뒤로 손을 뻗었다. 하얀 그 손이 바들바들 떨리는데 손등에 도드라진 담뱃불 자국이 눈에 들어왔다. 나는 얼른 다가가 그 손을 꼭 쥐어주었다.

"나, 응원해줄 거지?"

알 듯 모를 듯한 소리에 고개도 끄덕여주었다. 웃을 것처럼 입이 살짝 비틀리는가 싶더니 다시 물었다.

"무슨 짓을 해도?"

"응."

그제야 해리가 여기를 그냥 온 게 아니라는 생각이 들었다. 아무리 예의를 모르는 애라고 해도 상갓집에 저런 차림일 때는 계산이 있었던 거다. 고인을 핑계로 먹고 마시던 사람들 눈에도 해리는 흥미로운 등장이고 한마디 하기 좋은 행색이라 손가락질부터 시작됐다.

"상갓집에 뭐 저러고서……"

"누구라? 지대로 찾아온 거 맞나?"

칙칙한 눈을 끔쩍이며 다들 수군거렸다. 해리를 알아보고 맞이하는 사람은 젊은 여자뿐이었다. 부고를 전한 사람인 듯했다. 해리를 흘겨보고 욕하던 할머니는 그사이 더 초라하고 고약하게 늙어서 해리를 탐탁지 않게 쳐다보았을 뿐이다. 그제야 해리 존재를 알아챈 사람들이 저희끼리 수군대거나 말 좀 붙이려고 비틀비틀 일어났다.

"아이구, 작은할아버지! 해리가 왔네요. 그렇게 찾던 손녀가 왔어요. 눈감기 전에 꼭 보셨어야 했는데."

여자가 영전을 보며 느닷없이 우는소리를 내더니 금방 침착해져서 해리에게 손짓했다. 입구에 있는 국화꽃을 자기가 집어 오기도 했다.

"해리야. 저 앞에 이 꽃 놓고 절하면 돼."

해리는 꽃을 받지 않았다. 절도 안 했다. 신발도 벗지 않고 두어 발짝 들어가 합죽이로 늙은 노인의 사진을 노려보기만 했다. 그러다 갑자기 국화꽃을 모조리 쳐서 흩트렸다. 순식간이었다. 해리는 가방에서 마이크를 꺼내 움켜쥐었고 이를 악문 채 돌팔매질하듯이 그대로 던져버렸다. 영정 사진이 깨져서 떨어지고 그 앞에 놓였던 과일들이 사방으로 튀고 쏟아졌다.

"아니, 이 무슨 짓이라!"

사람들이 놀라 일어났고 여기저기서 고함을 질렀다. 상주들이 당장 달려들었다. 할망구는 해리의 머리채라도 잡을 참이었다.

"건드리지 마!"

나는 재빨리 그들을 막았다. 해리는 도망치지 않았다. 그러기는커녕 거칠게 숨을 몰아쉬며 할망구에게 똑똑히 말했다.

"또 때리게요? 때려요! 저 괴물이 나한테 무슨 짓을 했는지 다 말할 테니까! 사람들이 다 알아듣게! 어디 때려봐! 때려!"

눈물과 분노가 응어리진 소리에 모두 얼어붙었다. 해리도 견디지 못하고 휘청했다. 그 말을 하려고 오늘까지 버텼던 것처럼. 나는 해리를 부축해서 거기를 나왔다. 뒤에서 온갖 잡다한 소리가 따라왔지만 우리는 돌아보지 않았고 묵묵히 거기를 벗어났다. 그렇게 다시 기차역으로 왔다.

속이 없는 인형처럼 해리가 쓰러지다시피 내 어깨에 기댔고 나는 잠자코 받아주었다. 내 심장이 요동치고 있다는 걸 눈치챌까 봐 입술을 꽉 물고 콧구멍을 크게 벌려 숨 고르기를 해야만 했다. 이런 몸 어디에서 그런 힘이 나왔을까. 몸보다 큰 힘이 나올 때는 그렇다. 이유가 있는 거다. 무대의 해리도 지금껏 그렇게 버텨냈을 거다. 얘한테 노래가 있어서 참 다행이다. 해리는 많이 큰 것 같다. 안 보는 사이에 아주 용감해졌다. 확실히 나보다 더.

기차를 타러 가기 전에 해리가 뒤를 한 번 돌아보았다. 다시는 오지 않겠다고 마침표를 찍듯이.

"그때, 저기 화장실에 숨어서 밤새도록 너 기다렸어."

"……"

"나 얼마나 무서웠게."

그 말을 하면서 해리가 내 가슴팍을 쳤다. 나는 해리를 안아주고 싶었다. 옛날에 그랬던 것처럼. 그러나 그러지 못했다. 해리는 혼자 울었고 혼자서 그쳤다. 지금보다 그때가 더 용감하고 순수했을까. 이유는 잘 모르겠으나 그때와는 감정이 좀 다르다. 그때는 해리를 보면 가슴이 뛰었고 아팠고, 지금은 토닥이며 위로해주고 싶다.

그때 나에게 무슨 일이 벌어졌는지 해리는 모른다. 어쩌면 그때 같이 도망치는 게 나았을지 모르겠다. 그랬으면 영빈이도 아직 살아 있겠지. 생각이 거기에 미치자 뺨이 확 뜨거워졌다. 두껍고 큰 손에 얻어맞던 충격이 고스란히 살아났고 머리가 뻐근하게 아파왔다. 약 먹는 걸 까먹었다.

영도. 그 형은 무슨 생각으로 거길 왔을까. 왜 나를 말렸을까. 그가 무슨 생각을 했든 중요한 건 그게 아니다. 중요한 건 나다. 내 문제다.

서울까지 오는 동안 해리는 잠만 잤다. 일부러 자려고 애쓰는 사람처럼. 이럴 계획이었으면 어제 당연히 한숨도 못 잤을 것이다. 거의 내릴 때가 돼서야 해리는 자세를 고쳐 앉았다. 아까 일을 잠 속에 묻기라도 한 듯이 창밖을 확인하는 얼굴이 달라졌다.

"나도 해결해야 될 게 있어."

나도 모르게 입을 떼고 말았다. 일종의 빚처럼 나온 말이었다. 나도 뭔가 해야 된다는 생각이 들어서. 봉인이 풀리면 걷잡을 수 없나 보다. 누구한테도 꺼내지 못한 이야기를 해리한테 하는 나 자신이 이상했으나 그걸 알면서도 멈추지를 못했다. '그'에 관한 이야기. 시시콜콜 다 풀지는 못했다. 그럴 말주변도 없고 시간도 충분하지 않았다. 해리는 블랙콜로 곧장 갈 거라고 했다.

"유전자 검사는 했어? 확인도 안 했잖아."

헤어지기 전에 해리가 말했다.

전철역에 앉아서 내내 생각해보았다. 맞는 말이다. 그가 나의 일부라는 믿음은 확인되지 않았다. 만약 착각이라면 얼마나 웃기는 일인가. 그 사실을 왜 의심하지 않고 덥석 믿어버렸을까. 내가 이렇게 단순하다. 엄마를 모욕하고 싶지 않지만 열일곱에 나를 가졌다. 지금 내 나이. 나만큼이나 세상을 모르고 막막하고 무서웠을 것이다. 비뚤어진 인생을 잡아보려고 노력했을 것이다. 검정고시 공부도 했다지 않나. 나를 버리고라도 결혼한 사람이고 얼마 못 살고 헤어졌다. 무사히 똑바로 살려야 살 수가 없는 구성물이다, 내가. 도대체 나는 뭘까. 어디서 시작돼 지금 여기 와 있을까.

휴대전화에 엄마의 문자가 찍혀 있었다.

약은 갖고 나가야지.

윤의 문자는 오늘도 없다. 녀석한테 분명히 무슨 일 생겼다. 보나마나 나 때문일 거고. 착한 앤데 참 미안하게 됐다.

베네치아는 저녁 장사로 분주했다. 나는 바깥에서 망설이다가 용기를 내서 들어갔다. 통유리 창을 통해 밖에서도 펑키머리가 주방에서 일하는 게 언뜻언뜻 보여서, 나는 그와 부닥친다고 해도 당황하지 않도록 마음의 준비를 좀 할 수 있었다. 목소리 높여 인사하는 점원에게 윤이 나왔는지 물었더니 며칠 전에 그만두었단다. 확실히 문제가 생긴 거다. 나는 주방 쪽을 힐끗 보고 다시 나왔다.

윤에게 문자를 보냈다. 보통은 몇 분 안에 답이 오는데 역시나 조용하다. 그래도 다시 한 번 보냈다.

미안하다.

"야, 너."

펑키 머리가 앞치마에 손을 닦으며 다가오는데 나도 모르게 부동자세가 됐다. 다시 보니 그는 상체가 떡 벌어진 게 절대로 작은 사람이 아니었다. 빰이 먼저 그걸 기억해냈다.

"30분 뒤에 갈 테니까, 저기서 기다려."

건너편 카페를 가리키며 그가 눈을 부라렸다. 나는 어정쩡하니 서 있다가 카페로 갔다. 앉다가 생각하니 좀 그렇다. 명령이나 다름없는 소리를 듣고도 알아채지 못하고 고분고분 시키는 대로 하다니. 맹하게 군 나 자신이 한심했지만 그냥 주저앉아 있었다. 두어 번, 이제라도 가버릴까 싶기는 했다. 그런데 눈을 부라리던 그 표정이 이상하게 마음에 걸렸다. 무서워서가 아니라 묘하게 끌리는 감정. 나로서는 익숙하지 않은 감정이라 기다리는 시간이 내내 불편했다. 그리고 막상 그가 나타났을 때는 시선을 탁자에서 떼지도 못했다.

"당분간 오윤은 못 만날 거다."

코코아를 주문해주며 그가 툭 던지듯 말했다. 전과 달리 어색해하는 태도가 아니었다. 나를 한 번 쳤다고 아주 만만해 보이나 보다. 나는 일부러 더 어깨를 펴고 의자에 등을 기댔다. 가소롭다는 듯 그가 피식 웃었다.

"유학 보낸대. 요리 학교로."

"……"

"반항하고 있지만, 결국 가게 될걸."

"……"

"불쌍한 자식."

"나 때문인 거죠?"

나도 모르게 앞으로 숙이며 물었다. 어깨가 다시 좁아졌다.

"알기는 하냐?"

그가 빤히 보는 게 느껴졌다. 감히 그를 볼 수가 없었다. 그러는 사이 코코아가 나오고 조끄만 잔에 새까만 에스프레소가 나왔다. 물어보지도 않고 코코아나 사주며 나를 어린애 취급이고 자기는 저런 식으로 센 척이다. 내가 열한 살 때 고등학생이었으니까 기껏해야 일곱이나 여덟 살 더 먹었으면서. 엄청 쓰게 보이는 걸 그는 단숨에 마셨다. 그러니까 어쩐지 나이랑 상관없이 어른처럼 보이기는 했다.

"머리는 좀 어떠냐?"

나는 코코아만 빤히 보았다. 진짜로 내 머리를 걱정하는 걸까. 이런 식의 관심도 나한테는 익숙하지가 않다.

"적당히 살살 좀 살아. 너만 힘든 줄 아냐?"

이번에는 그를 보았다. 내 태도가 마음에 안 들었는지 그가 또 눈을 부라렸다. 이젠 확실히 알겠다. 저건 친한 사람한테나 하는 제스처다. 위탁 가정의 아저씨가 자기 아들한테 저러는 걸 본 적 있다. 그런데도 그 싸가지는 자기 엄마 지갑을 야금야금 뒤지는 버릇을 끝내 못 버렸다.

"나한테 왜 그러세요?"

"뭘?"

"패주고 싶을 거 아네요. 나 누군지 다 알면서. 나도 아는데, 그쪽."

"그쪼옥?"

펑키 머리의 두툼한 손이 움찔했고 내 시선은 또 탁자로 떨어졌다. 안 그러고 싶은데 어쩔 수 없었다. 그는 내가 함부로 하기 어려운 사람이고, 또 영빈이기도 하다. 곧 찌부러져도 누구 앞에서든 기부터 세우고 보는 게 나다. 그러나 상대가 영빈이면 가장 낮은 자세가 될 수밖에 없다.

펑키 머리가 한참 동안 침묵을 지켰다. 손에 진땀이 고이는 침묵이었다. 시원한 곳으로 나가고 싶은데 마음대로 그러기도 어려웠다.

"김무. 알지. 내가 왜 안 그러고 싶었겠냐."

그가 또 한동안 입을 다물었다가 나를 쳐다보았다. 나는 코코아만 뚫어져라 보고 있었지만 다 느낄 수 있었다. 코코아는 벌써 다 식었다. 분명히 맛도 없을 거다. 그는 점원을 불러 에스프레소를 한 잔 더 주문했다. 그리고 그게 나올 때까지 자기 손을 만지작거렸다.

"어떤 놈으로 컸는지 보고 싶더라."

윤에게 내 이야기를 듣고 진짜 김무인지 확인하고 싶었고, 그래서 베네치아로 들어갔다고 했다. 윤이 가출했을 때 도와준 인연으로 진작부터 일자리 제안이 있었지만 결정은 그때 했다고. 터무니없이 들렸지만, 나 때문이었단다.

나는 윤이 가출한 적이 있다는 걸 처음 알았다. 고작 간 데가 지방의 기능 고등학교였다. 펑키 머리는 거기서 조리과 실습을 도와주는 사람이었고.

묻지도 않은 이야기를 몇 마디 하다가 그가 대뜸 소리를 질렀다.

“너 왜 그러고 살았냐? 패주기도 어렵게.”

그와 시선이 마주쳤고 순간 눈알이 뜨거워졌다. 나한테 이런 식으로 말하는 사람도 처음이다. 나는 입술을 안으로 말고 아프게 깨물었다. 그래도 떨리는 속이 진정되지 않아 손바닥으로 입술을 세게 문질렀다. 목구멍이 빠근해지도록 밀고 올라오는 소리 때문에 신음이 저절로 나왔다. 나더러 어쩌라고. 왜 저런 얼굴로 저런 목소리로 저렇게 쳐다보느냔 말이다.

“너를 보면 꼭 나 같아서.”

나는 숨을 깊이 들이마셨다. 토해지는 숨이 파르르 떨렸다. 그도 충분히 알아챘을 것이다. 결국 이렇게 모든 약점을 잡히고 말았다.

“그게 말이다……”

가슴이 답답하고 숨 쉬기가 힘들어서 밖으로 뛰쳐나갔다. 머리가 어질하고 다리가 꼬였다. 약 먹을 때를 놓쳐서 욱신거리던 상처 부위가 팽팽하게 부어오른 느낌이었다. 벽을 붙잡고 헛구역질하는 나를 펑키 머리가 보고 있었다. 그러더니 지폐 두 장을 쥐어주었다.

"딴 데 가지 말고, 집에 가."

착한 아이 걱정하듯 그가 말했다.

나는 엉겁결에 받은 돈을 멍하니 보다가 차마 버리지 못하고 주머니에 쑤셔 넣었다. 알 수 없는 감정이 뒤엉켜 기분이 아주 거지 같았다.

약을 거른 탓인지 추워서인지 택시에서 내리니까 몸이 사정없이 떨렸다. 이빨이 딱딱 부딪치는데도 나는 아파트 놀이터에서 한참 동안 앉아 있었다. 왜 이렇게 화가 치미는지. 내가 마음에 안 들어서 미치겠다. 너무너무 하찮고 짜증 나고 머저리 같다. 해리가 용감했던 것에 비하면 지지리 못났고 비열하고 자존심도 없다. 그걸 알아채고 펑키 머리가 나를 얕잡아 본 것만 같다.

펑키 머리에게 약점을 잡혔다면 이유는 하나뿐이다. 영빈에 대해 말하지 못한 것. 그걸 고백했어야 했다. 피하지 말고. 아까 목구멍까지 기어오른 말을 꺼냈어야만 했다. 그런데 기회를 놓치고 말았다. 용서를 빈다고 용서받을 수 있는 것도 아니고 달라질 것도 없겠지만 그래도. 이건 결국 내 문제니까. 나를 가장 괴롭히는 원인. 그걸 알면서도 못했다. 겨우 이 정도다. 나도 내가 형편없다는 걸 아는데 남들이 모를까.

추운데도 열이 나기 시작했다. 집에 들어가자마자 이불을 덮어쓰고 현실에서 달아나듯 잠에 빠졌다. 엄마가 들어와서 뭐라고 하는 것 같기는 했지만 들리지 않았고, 입을 떼기도 어려웠다. 혹시 내일도 눈이 떠진다면 생각은 그때 하기로 했다. 오늘은 이렇게 죽을 것이다.

나는 다시 일어났고 내 현실은 고스란히 남아 있었다.

엄마는 나갈 준비를 하고 내 앞에 약봉지만 탁 놓았다. 또 화가 났는지 밥상을 차린 흔적도 없었다.

"담임이 전화했더라. 넌 거기가……"

말을 딱 끊고 포기했다는 듯 고개를 젓는 엄마를 빤히 보았다. 어느 정도 엄마도 아는 거다. 내가 뭘 하고 다녔는지. 담임 전화를 받았으면 그의 이름도 들었을 거고.

"엄마."

나도 당황했고, 엄마도 그랬다. 엄마. 이 말을 거의 한 적이 없다. 마음속에서는 단 한순간도 엄마가 아닌 적이 없는데 입에 담아본 적이 없었다. 나한테 엄마는 그런 사람이었다.

"그래. 내가 네 엄마다."

"그 문제는 내가 알아서 해결해. 대신 같이 좀 가줘."

"어떻게 해결해? 경찰서가 그렇게 만만한 덴 줄 알아?"

"같이 가주기만 하면 돼."

"어디를? 설마, 거기?"

거기. 아마도 엄마는 그의 병원을 떠올린 듯하다. 눈이 휘둥

그레졌지만 곧 침착해졌고 마침내 얼굴이 굳어졌다. 엄마도 분명히 알고 있다. 어쩌면 더 알고 있을지도. 나보다 어른이니까. 그래서 그렇게 술을 마셨나. 그럼 의심할 여지가 없나. 이런 의심, 정말이지 기분 더럽다.

"유전자 검사하는 데."

엄마가 이번에는 입만 뻥긋거리다 말았다. 내가 그런 말을 꺼내리라고는 상상도 못한 것이다. 나는 안경집을 열어 보였다. 불안하게 나를 쳐다보는 엄마와 달리 나는 담담하게 전했다.

"나도 알아야 되잖아. 엄마랑 상관없이 이건 내 권리야."

엄마는 아무런 토를 달지 않았다. 그저 나를 한참 바라보았다. 분명히 전과는 다른 표정. 내가 더 이상 어린애가 아니라고 생각한 듯했다. 엄마는 외출했고 나는 시리얼에 우유를 부어 떠먹었다. 그리고 화실로 갔다.

처음으로 더스티 멤버로서의 해리를 그려보았다. 얼굴에 드리워졌던 고사리를 모두 걷어 넘겨 머리카락이 되게 하니 사람이 아닌 것처럼 신비롭게 느껴졌다. 해리가 정말 예쁘기는 하다. 내가 처음으로 사랑을 느꼈던 애. 그런 것도 사랑이라면. 해리의 말이 생각났다. 뮤. 나랑 가족 할래?

수업을 시작하기도 전에 나는 또 상담실로 불려갔다. 그리고 전학을 권유받았다. 엄마가 내일 학교에 나와야 한다는 말과 함께. 학교에서 전화를 하겠지만 내 입으로 꼭 전하라고 강조하는 담임을 나도 더 보고 싶지 않았다. 내가 뭘 잘못했을까. 무사히 잘 지내지 못할 만큼 잘못한 게 뭐였을까, 도대체. 나라는 놈에게 학교가 너무 과분했나. 혜인이 다가왔지만 나는 그냥 돌아섰다.

엄마가 피하지 못하게 일부러 엄마 회사에서 멀지 않은 곳을 골랐다. 생명과학연구소. 나라는 존재를 확인하기 위해서 이렇게 거창한 문턱을 넘게 된다는 건 일단 만족스러웠다. 비용이 좀 과했지만 절차가 복잡하지 않아 다행이었다. 안 그랬으면 엄마가 참아내기 어려웠을지도 모른다. 엄마는 계속 표정이 좋지 않았지만 확실히 나를 대하는 태도가 달라졌다.

나한테는 엄마고 나이도 훨씬 더 먹었지만 겪어보지 못한 일에 걱정하는 얼굴은 나와 별로 다르지 않았다.

"알아보기는 해야 되잖아. 그뿐이야."

"그뿐이야? 하긴, 네가 뭘 하겠니."

엄마 휴대전화가 울렸다. 아직 운도 못 뗐는데 담임이었다. 담임이 앞에 있기라도 한 것처럼 엄마는 지레 낮은 자세로 전화를 받으며 문을 열고 나갔다.

"결과 어디로 받을 거예요? 아니면, 직접 방문할 거예요?"

나는 문 쪽을 보고 카운터로 갔다. 그리고 적어온 주소를 내밀었다. 인터넷 덕분에 이런 거 알아내기란 식은 죽 먹기다.

받을 사람 이름도 또박또박 적어주었다.

최송은.

숨

"졸업장이랑 증서가 같은 줄 알아? 졸업장은 그런 종이 쪼가리랑 비교가 안 되는 뭐가 있단 말이다. 평생 그따구로 살 거 아니잖아. 사회생활도 해야 되고 친구도 있어야 되고."

"그러니까 가지 마. 거기 친구 없어."

"사내자식이 친구 없으면 숨 막히는 거야."

"숨 안 막혀. 딴 데서 찾으면 돼."

학교에 애걸하지 말라고 다시 한 번 주의를 주고 나왔다.

날마다 똑같은 말씨름에 질려버렸다. 엄마는 엄마가 되기로 작정한 걸 잔소리로 확인시키려는 모양이다. 내가 진심으로 반성하는 태도를 보이면 학교가 달라질 줄 아는 모양이나 천만의 말씀이다. 경찰서에 내야 될 확인서 문제가 잠잠해진 것 때문에 희망을 접지 못하고 있지만 엄마가 아무리 속을 끓여도 달라질 건 없다.

나라고 패배자로 남는 게 속 쓰리지 않을까. 그러나 결국 무사히 지내지 못했고 똑같은 상황을 반복하고 말았다는 걸 인정할 수밖에 없다. 나보다 더한 애도 있다. 도진. 등이 헐 정도로 누워만 있는 애. 도진이 퇴원하면 같은 학원에 다녀볼까 생각 중이다. 많이 나아졌어도 자기 발로 걷자면 아직도 한 달은 더 걸리고 그 뒤로도 물리치료를 꾸준히 받아야 한다고. 힘줄까지 다쳤다나. 아무튼 녀석은 거기까지 갔던 걸 뼈저리게 후회하고 있다. 문자를 몇 번 받아줬더니 내가 자기랑 잘 통한다고 착각하는지 윤이랑 아주 비슷해졌다.

나는 학교 대신 화실에 충성했다. 나한테는 그림이 학교고 미래고 숨 쉴 구멍이고 종교였다. 그것만 할 수 있다면 다른 건 아무래도 좋았다. 그런데 선생은 생각이 달랐다. 결국 언제든 한 번은 공부를 제대로 해야 된다고, 비바람은 그칠 때를 기다려야 하고 폭풍을 피해가는 것도 방법이라고. 내 사정을 어느 정도 알고 나서 해준 이야기다. 그래서 검정고시를 진지하게 생각해보는 중이다.

예상 밖으로 25일이 조용히 지나갔다. 사과 확인서 때문이 아니라도 경찰서에서 무슨 연락이든 올 줄 알았다. 고소인이 뭘 요구했다든지, 잘 마무리됐으니 앞으로 조심하라든지. 나는 그날까지 신경이 곤두서서 뭘 제대로 먹지 못했고 막판에는 걱정 때문에 잠도 못 잤다. 최악의 경우 더 큰 벌도 예상하고 있었다. 그런데 아무 연락도 없이 너무 조용하게 지나간 것이다. 이러다 갑자기 생각지도 못한 연락이 올지 모른다는 불안감은 있지만, 일단 25일이 지나고 나서부터는 조금씩 배짱이 생기고 있다.

최송은에게 배달된 자료가 이 고요함의 원인인지 아직은 알 수 없다. 그렇다면 이번에는 내가 나비의 날갯짓이 된 셈이다. 예상대로라면 검사 결과가 적어도 두 가지 효과를 낼 거라고 믿었다. 일치할 경우와 불일치할 경우 둘 다 정도의 차이만 있을 뿐 타격을 줄 거라고. 실제로 지난번 방송에 그는 패널로 나오지 않았다.

화실 문 앞에 윤이 있었다.

"우아! 씨바존나새끼……"

느닷없이 욕을 퍼부으면서도 내 목을 끌어안는 윤. 나도 윤의 큰 덩치를 덥석 안았고 비로소 진짜 친구가 됐다는 확신을 가졌다. 그동안 나만큼이나 얼굴이 못쓰게 됐다. 윤의 엄마 아버지 눈에는 자식이 이렇게 망가지는 게 안 보이는 걸까. 전화기가 없어서 답답하겠다고 하니까 자기가 거절했다고 큰소리다. 그깟 것으로 협박당할 만큼 어린애 아니라고. 문자에 매달려 사는 놈이 보기보다 결단력이 있다. 하기는. 언젠가 집을 나간 적도 있었다니.

"설마 너, 탈출해 온 거 아니지?"

장난으로 한 소리에 고개를 끄덕인다. 베네치아에 간다고 하고 여기로 샜단다. 용감한 게 기특해서 믹스커피 세 개를 털어 진하게 타주었다. 그걸 후후 불어서 마시며 윤이 웃었다.

며칠 뒤 출국한다고, 미국서 몰래 도망쳐오면 숨겨달란다. 자기 목표는 저번에 탈출했던 지방의 기능 고등학교라나. 백 번을 말해도 부모님은 기왕 할 거면 명성 있는 요리 학교 정도는 다녀야 된다고 고집이라 이번에는 져주기로 했다는데, 그 이유가 펑키 머리였다. 요리 공부가 목표인 펑키 머리를 보호자처럼 붙여 보내며 둘 다 공부시키기로 했다는 것. 윤은 아주 엄청난 부모님을 뒀다. 이 소리를 기하가 들었다면. 진짜 녀석은 요즘 어떻게 지내는지 모르겠다. 소식통 윤도 휴대전화가 없으니.

"세, 셰프 형이 좀 오래."

윤은 출국한다는 것도 알리고 펑키 머리 말도 전하려고 온 것이었다. 내색은 안 했지만 그나마 어렵게 마음을 준 친구가 떠난다니 서운했다. 한편으로는 부자에다 부모를 다 가진 윤이 부럽기도 했다. 불현듯 윤과 펑키 머리 사이에 끼고 싶기도 했고. 어떤 목표가 없어도 막연히 이런 기분이 드는데 기하처럼 똑똑한 애 입장에서는 부러움을 넘어 속이 비틀릴 만도 하겠다.

떠나는 윤에게 선물로 윤이 키우는 게임 캐릭터 하나를 그려주었다. 사인을 해달라고 해서 어설프게 이름을 휘갈겨주었다. 윤도 웃으며 받았고 나도 장난스럽게 등짝을 두들겨 보냈지만, 윤이 복도에서 사라지자 도무지 집중할 수가 없었다. 곧 떠난다고 했다. 붙여 보낸다던데, 그게 펑키 머리도 같이 떠난다는 말일까. 기분이 아주 더러웠다. 윤은 친구고 펑키 머리가 내 형도 아닌데 기분이 왜 이럴까. 질투가 난다.

머리를 털고 다시 그림에 집중했다. 마음대로 안 된다. 화집을 봐도 눈에 들어오지 않았다. 수업 시간이 다 돼서 애들이 모여들었고, 나는 거리로 나왔다.

베네치아에 가면 아직 윤이 있을까. 윤을 또 보고 싶지는 않았다. 녀석이 싫은 건 아니다. 펑키 머리가 오라고 했다. 오라고 했으니 가볼까. 내키지가 않는다. 찌질한 기분을 또 맛봐야 할 것이다.

아무리 생각해봐도 그가 나를 얕잡아 본 적은 없었다. 나를 팼고 카페에서 기다리게 하고 코코아를 사주었다. 비난하지도 않았다. 영빈의 복수 같은 것도 안 했다. 그런데도 나는 알아서 기가 죽었다. 내가 사고 치는 걸 막으려고 팼다는 걸 알고 나니까 더 움츠러든다. 예상 밖의 사람이다. 여태까지 나한테는 그런 사람이 없었다. 단 한 번도.

어쩌다 보니 해리의 고시텔까지 왔다. 저 낡은 건물 한 칸으로 새벽에 들어가 잠만 자고 나오는 애. 기타 두 개랑 옷 몇 가지가 전부인 애. 창문도 없는 저 방에서, 겨우 몸 하나 크기의 침대에서, 담뱃불 자국을 끌어안고 얼마나 많이 울었을까. 시장으로 분식집으로 완전식품을 찾아다니며 혼자서 살아남아 혼자서 노래하고 혼자서 어른이 된 애. 이제는 가족을 구걸하지 않게 된 애. 내 첫사랑.

갑자기 해리가 보고 싶어졌다. 해리가 노래하는 걸 들어보고 싶다. 그 기특하고 당당하고 특이한 무대를 잘 봐주고 싶다. 아직도 고사리무늬로 얼굴을 다 가렸을까. 이제는 그러지 말라고 말해주고 싶다. 그래야 될 만큼 잘못한 거 없다고, 숨지 말라고.

걷다가 뛰었다. 갑자기 할 일이 생긴 것처럼 굴었으나 본격적인 무대가 시작되려면 아직 멀었다는 걸 알고 있었다. 블랙홀로 갈 때 이미 알았다. 정작 가고 싶은 곳으로부터 도망치느라 해리 핑계를 댔다는 것을.

지루한 노래가 흐르고 대학생들이 모여서 떠드는 걸 견디자니 고역이었다. 가슴이 답답하고 진땀으로 손바닥이 끈적해졌다. 엉뚱한 곳으로 잘못 온 후유증을 그렇게 확인했다. 펑키머리. 어쩌다 그가 내 속에 들어와 버렸을까. 영빈만 아니었다면. 그랬다면 마음 놓고 좋아했을 것 같다.

해리 때문에 그나마 눌러앉아 있었다. 해리가 다가왔다. 무대 화장을 한 채. 해리가 가까이 오자 주변이 조용해지며 모두의 시선이 쏠렸다. 여기저기서 휴대전화를 꺼내들었다. 나까지 호기심 어린 눈으로 쳐다보는 게 불편해죽겠는데 해리는 별로 신경 쓰지 않았다.

"오래 못 있어. 무대 준비 덜 됐거든."

"그럼 들어가 봐."

"끝날 때까지 있을 거니?"

나는 고개를 저었다. 삐친 건지 웃는 건지 해리 입꼬리가 살짝 움직였다. 그러더니 일어나는 척하며 내 쪽으로 몸을 숙이고 말했다.

"나한테 올 줄 알았어."

수수께끼 같은 소리만 남기고 해리는 가버렸다. 나는 찡그리며 머리를 긁었다. 저한테 올 줄 알았다니. 역시 여기로 오는 게 아니었다. 뮤. 나랑 가족 할래? 갑자기 그 말까지 떠올랐다. 설마, 같이 살자는 소리는 아니겠지.

주변의 시선이 불편해서 나와버렸다. 해리에게 박수 쳐주고 용기를 주고 싶던 마음까지 싹 없어졌다. 곧장 휴대전화에 문자가 떴다.

내기했거든. 해리랑 소연이랑. 열흘 안에 뮤가 나한테 온다, 안 온다.
그런데 생각보다 빨리 왔어. 소연이가 이긴 거야. 그래서 결심했어.

봐도 봐도 뭔 소리인지 모르겠다. 도진이랑 기하가 영어로 떠들 때는 내가 무식해서 그랬다 쳐도, 이건 딴 나라 말도 아니고 어려운 말도 없는데 도무지 감을 못 잡겠다. 소연이는 또 누구야. 더스티에 다른 여자 멤버는 없던데 누구랑 내 얘기를 했담.

전화가 왔다. 모르는 번호다. 그런데 처음이 아니었다. 클럽에 있는 동안 두 번이나 왔는데 시끄러워서 듣지를 못했다. 혹시 확인서 때문일까. 그런 일을 경찰이 개인 전화로 연락하기도 하나. 무시할까 하다가 혹시 뒤탈이 생길까 봐 받았다.

"여보세요?"

"김무?"

전화를 먼저 해놓고도 저쪽 반응이 늦어서 그만 끊을 뻔했다. 그렇다고 대답했건만 또 감감. 순간 이상한 느낌이 들었다. 그다.

"장동혁이다. 알지?"

"……"

"여기 병원인데, 기다리마."

그러고는 끊었다. 통보나 다름없었다. 나는 전화기를 물끄러미 바라보았다. 어이없는 그를 보듯.

기다리마.

이건 생각지도 못한 말투다. 이런 식의 말은 도대체 언제 써먹는 걸까. 설마, 내 아버지 노릇이라도 하겠다는 건가. 지금이 몇 시인데, 내가 어디 있는 줄 알고 자기 병원으로 오라 마라. 혹시 내 예상이 모두 빗나갔나. 고소인이 사과를 기다리다 못해 화가 치밀어서 이러시나. 어떤 놈인지 낯짝이라도 보고 아예 처넣으려고?

밤 11시가 다 되어간다. 나는 길 건너편 벽에 기대서 그의 병원을 쳐다보기만 했다. 치과도 다른 병원도 다 컴컴한데 가정의학과만 희미하게 불이 켜져 있었다. 기어이 사과받자고 저러는 거라면 내 혐의에는 괘씸죄라는 게 더 붙을 것이다. 그게 아니라면 예상이 맞는 거다. 생물학적 친부.

심호흡을 크게 한 번 하고 길을 건너갔다. 병원은 텅 비었고 그의 진료실에만 불이 켜져 있었다. 그는 양복 차림이었고 진료실로 들어서는 나를 아주 뚫어져라 쳐다보고 있었다. 마치 내가 그런 식으로 들어올 것을 알기라도 한 것처럼 당황하지 않았고 아는 척도 안 했다. 샤워실은 기억 못해도 지난번 자기 환자였다는 건 알았을 텐데.

"앉아라."

나도 모르게 고개가 삐딱해졌다. 그 한마디에 모든 게 다 들어 있었다. 그가 내 존재를 안다. 그 생각이 드는 순간 가슴 밑바닥이 뭉클하더니 아프게 꼬였다. 비위 상하는 말투에 처음부터 반말. 샤워실에서 물을 받으며 아, 아 소리를 내던 그가 떠올랐다. 나는 그가 눈짓으로 가리킨 의자를 무시하고 그를 보기만 했다. 온몸에서 또 찐득하게 진땀이 삐져나오기 시작했다. 그를 똑바로 보는 건 쉬운 일이 아니었다. 그러나 내가 먼저 시선을 피하지 않기로 작정하고 들어온 참이다. 그렇게 시간이 흘렀다. 이렇게 보니까 또 다른 사람 같다. 피트니스 클럽의 남자. 진료하던 의사. 그냥 40대 남자. 도무지 한 사람으로 연결이 안 된다.

"검사 결과 봤다. 네 입장에서는 그럴 수밖에 없었겠지."

부르르 떨렸다. 살짝 어지럼증도 일었다. 아무래도 달팽이관 문제는 언제고 해결해야 될 모양이다. 중요한 순간에 꼴사납게 주저앉지 않으려면.

"제법 머리를 썼다만, 틀렸어. 모근이 살아 있어야 정확하지."

그가 침착하게 말했다.

모근. 그 말이 거슬리고 생소하게 들렸다. 그러나 곧 머리카락 끝에 붙은 피지 같은 걸 생각해냈다. 내 몸은 더 떨렸고 머릿속에서 수만 개의 바늘이 곤두서는 바람에 그의 시선을 피하고 말았다. 증거랍시고 들이민 게 별 소용이 없었다는 거다. 드라마 같은 데서는 머리카락만 있으면 다 되던데. 두 가지 경우만 생각했지 이런 변수가 있을 줄이야.

"널 의심하진 않겠다. 나보다 먼저 집사람이 널 알아봤으니까."

알아봤다, 소리에 소름이 돋았다. 착각인지 몰라도 그의 모습을 내게서 봤다는 소리로 들렸다. 그런데 최송은이 알아봤으니 의심하지 않겠단다. 그때 스치듯 한 번 보고? 아니면 나 모르게 어디서 훔쳐보기라도 하셨나. 역시 이 집에서는 치과 원장님이 절대적이다. 어쨌거나 이것도 예상 밖. 결국 내 예상은 다 빗나갔다. 저들은 이런 문제로 부부싸움조차 안 하는 모양이다. 결과가 일치라면 당연히 충돌하고, 불일치라도 불화가 생길 거라고 믿었는데. 저런 사람들이 사는 세상은 좀 다른 모양이다.

"제대로, 다시 해보자. 머리카락 몇 개만 줘봐."

그는 여전히 침착했다. 완전히 역공이다. 그가 나를 또 빤히 보았다. 뭐가 저렇게 당당할까. 끝까지 말을 놓는 것도 속 뒤집어지는데 눈도 꿈쩍이지 않는 저 태도. 엄마는 저런 사람 어디를 좋아했을까. 열일곱 살 인생을 송두리째 바치면서.

"중요한 문제잖아. 정확히 해야지."

그가 일어나 창밖을 보았다. 그렇게 세게 나오면 겁이라도 먹을 줄 아셨나. 기왕 시작했으니 나도 확인을 해야겠다. 머리카락을 잡아 뜯어서 그의 책상에 탁 놓았다. 그리고 뒤도 안 돌아보고 거기를 나왔다.

기죽지 않으려고 용을 썼지만 병원을 나올 때부터 휘청거렸다. 어설프게 그를 잡으려다 머리털 뽑아주고 되레 덜미를 잡힌 기분이다. 드라마든 인터넷이든 함부로 믿을 게 아니다. 화실 선생 말이 맞는 거 같다. 한 번은 제대로 배워야 이런 꼴을 더 안 당하지. 다른 사람도 아니고 하필 저 인간 앞에서 바닥을 들킬 게 뭐람. 그런데 그게 다가 아니었다. 화나고 자존심 상하는 것 이상으로 나를 혼란에 빠트리는 감정 때문에 슬프다. 이 감정이 뭔지 모르겠는데 손에 머리에 가슴에 진땀이 흥건히 배어 나올 정도로 자꾸만 울고 싶어졌다. 하지만 울 수가 없다. 그래서 힘들었다. 하필이면 펑키 머리가 생각나서 더 힘들었다.

집으로 가고 싶지 않았다. 엄마를 보면 우리가 얼마나 한심한지 아주 명백하게 확인하고 말겠지. 상소리가 입에 붙었고, 돈 벌어서 보란 듯이 사는 게 인생의 목표라지만 임대 아파트도 못 벗어나고, 다른 사람의 미래를 설계해주는 전문가라고 큰소리치면서 정작 자기 인생은 어떻게 못하는 사람. 허구한 날 문제나 일으키고 머리에 든 것도 없이 길거리에서 구르던 나. 그 엄마의 그 아들. 이 열등한 조합에 비해 그들은 얼마나 넉넉하고 이성적이고 안전한가. 생각지도 못했던 열일곱 살짜리가 아들일지도 모른다며 증거를 들이대도 눈 하나 꿈쩍이지 않는다. 아무런 지장도 받지 않는다.

병실에 도진은 혼자 있었다. 모처럼 목욕을 시켜놓고 엄마가 옷 갈아입으러 집에 갔다고 했다. 아버지는 가게를 지켜야 해서 올 수 없고. 덕분에 나는 보호자용 침대에 누울 수 있었다.

"무. 인생은 이미 결정돼 있을까, 살다가 결정되는 걸까."

도진의 매가리 없는 목소리가 메마르게 들렸다. 자다가 깨서도 저런 소리를 지껄일 수 있는 애. 태어날 때부터 저렇지는 않았을 텐데 어쩌다 저 모양이 됐을까. 머리에 문자랑 물음표 같은 것만 잔뜩 들었는지 한 번 들여다보고 싶다.

"그냥 자라. 나도 좀 자다 갈 테니까."

"무. 인생을 선택할 수 있다면,"

"아, 쫌! 시끄러. 그냥 좀 자자고."

"잠이 안 와. 온종일 자니까."

"너, 자꾸 그러면 휴대전화에서 확 퇴출이다."

베개로 얼굴을 덮어버렸다. 베개에 머리 냄새, 화장품 냄새, 약 냄새 같은 것들이 배어 있어서 구역질이 올라왔다. 옆으로 치우고 눈을 감았다. 신경질은 냈지만 도진의 이번 질문은 귓등으로 흘려버리지 못했다. 그와 엄마와 나 때문에 퉁퉁 불어버린 속 어딘가에 그 말이 걸렸다. 인생이라는 게 이미 결정돼 있는 게 아니라 살다가 결정되는 거면 좋겠다. 내 인생을 누가 쥐고 있느냐의 문제니까. 내 인생이면 내가 쥐고 있어야 맞는 거지. 그래야 나 같은 놈도 반성문 쓰고 다시 뭐든 해보지.

어렴풋이 잠이 들었던 것 같다. 내가 먼저 깼는지 도진이 말을 시킨 게 먼저였는지 모르겠다. 아무튼 잠이 확 깼다.

"기하가 잡혔어."

나는 그만 일어나 벽에 등을 기댔다. 잡혔다. 녀석을 보면 늘 뭔가 찜찜했는데 진짜로 구린 데가 있었다는 거다. 도진이 누운 자세를 겨우 바꾸고 숨을 몰아쉬었다. 아직도 혼자 움직이는 게 힘들어 보인다.

"내가 그렇게 경고했는데도."

"경고?"

나는 도진을 물끄러미 보았다. 녀석들은 내가 짐작도 못하는 걸 공유하고 있었나 보다. 머리 좋은 것부터 부정한 어떤 것까지. 그리고 친구라는 것도.

"그때 그 반전 광고?"

생각나는 게 그것뿐이라 넘겨짚었는데 도진이 한 번 고개를 끄덕였다. 마치 체크하듯. 이것도 내 상식을 넘어서는 일이다. 내가 짐작한 거라고는 고작 옥상에서 뛰어내리게 한 것에 대한 소심한 복수였는데. 세상도 사람도 참 복잡하고 어렵다는 걸 또다시 깨달았다. 세상에는 나처럼 단순한 사람들만 있는 게 아니었다. 아까 그의 태도를 보면서 느낀 벽이 여기에도 있으니.

"걔가 무슨 짓을 했는데?"

"주가 조작."

나도 모르게 입이 벌어졌다. 이건 또 무슨 헛소리. 말이 되나. 그런 건 어른들 일 아닌가? 열일곱 살 미성년자가 무슨 그런 짓을. 하긴, 기하가 지나가는 말처럼 그런 소리를 하기는 했다. 내가 건성으로 흘려들었을 뿐.

"진짜로 그런 걸 했다고?"

"나도 잘 몰라. 증권사 메신저로 조작된 정보 보내고 막 그랬나 봐. 증권사 직원이 이용한 피라미 중 하나였대. 기하 머리 좋잖아."

"후아……"

머릿속에서 박하사탕이 퍼지는 기분이었다. 나는 손가락을 머리카락 속에 박아 넣고 한참 동안 눈만 끔뻑거렸다. 기하가 공부 잘한다는 말도 사실은 별로 믿지 않았고 주가 조작 소리는 뻥이라고 아예 무시했다. 내가 아는 그 기하가 정말 그런 애였나.

"어른들이 나빠. 학생한테 그런 거 시키고도 뻔뻔하게. 몇 번 그만두려고 했다가 린치 당했대. 그러다 결국."

"린치? 혹시 저번에 다친 거, 그래서였어?"

도진이 나를 보았다. 머리를 다쳐서 기하가 나를 찾아온 걸 도진은 모르고 있었다. 그럼 그런 일이 처음은 아니라는 거다. 그런 걸 해리하고만 연결하려고 했으니.

"그래서, 지금 경찰서에 있는 거야?"

"그건 아닌가 봐. 학생이라."

"머리 좋고 공부도 잘한다는 놈이 왜 그랬대?"

그때 도진의 엄마가 들어왔다. 나는 벌떡 일어나 인사를 했고 우리는 더 이야기를 나누지 못했다. 도진 엄마는 자기 대신 아들 옆에 있어준 게 고마워서 내 등을 쓰다듬고 손도 잡아주었다. 게다가 뭐라도 좀 먹고 가라며 도시락을 꺼내는 바람에 나는 어정쩡하게 나올 수밖에 없었다.

도진에게서 문자가 왔다.

저번에 왔다 그냥 갔어. 좀 만나봐.

거리는 춥고 한산했다. 일용직 노동자들이 피로한 기색으로 종종걸음 치고, 청소부들이 입김을 하얗게 뱉으며 간밤의 찌꺼기들을 치우고 있었다. 세상이 무너져라 타락하는 밤도 저런 경계를 넘어 다시 살아내야 할 아침으로 이어진다는 게 새삼 신기하게 느껴졌다. 나는 오들오들 떨면서 화실로 갔다. 거기도 춥기는 마찬가지라 믹스커피 세 봉지를 타서 보약처럼 들이켰다. 음식 냄새가 고이지 않게 하라는 당부 때문에 여기서는 컵라면도 못 먹는다. 편의점에라도 들렀다 올걸, 후회가 됐지만 그냥 소파에 웅크렸다.

잠들기 전에 기하 문자를 찾아보았다. 한참 아래로 가서야 녀석 문자가 있었다.

이제부터 이 번호야.

그것 말고는 그동안 우리 사이에 연락이 없었다. 배터리 충전하라는 메시지가 떠서 간단한 문자만 남겼다.

오늘 5시 베네치아.

도진이 뭐라고 했든 내가 녀석을 특별히 볼 이유는 없었다. 그래도 부른 건 핑계가 필요해서였다. 베네치아를 약속 장소로 잡은 것도 그랬다. 펑키 머리 때문이었다. 어색하지만 그렇게라도 그를 한 번 보고 싶었다. 어쩌면 이게 마지막 기회일지 모른다. 영빈. 덮을 수도 없고 잊을 수도 없는 문제. 그는 곧 영빈이고 나는 그를 만나야 한다. 다행히 그가 먼저 나를 불렀고 이번마저 놓치면 평생 후회하게 될 것 같다.

문자 알림 소리가 났다. 그리고 잠잠. 나는 꿈짝하지 않았다. 겨우 데운 온기를 놓치기 싫고 어차피 배터리가 나가서 확인도 못할 거다. 보나마나 기하겠지. 그렇게 나도 잠에 빠졌다.

엄마는 메모만 남기고 출근한 뒤였다.

잠은 집에서 자라.

식탁에 차려진 밥상을 보자 픽 웃음이 나왔다. 휴대전화를 충전하며 밥을 먹는데, 내가 전화기 신세랑 다를 게 없다는 생각이 들었다. 밥이나 먹으러 들어오는 집. 집밥. 식어버린 국은 데우면 되고 밥은 전기밥솥에 있고 솜씨가 별로여도 어쨌든 먹으면 기운이 난다. 완전식품을 찾아다니는 해리한테도 이게 필요한 거다. 아무리 맛있어도 틈새 김밥이나 시장 해장국이 그걸 채워주지 못한다. 근본적인 문제가 있는 것이다. 나는 이렇게라도 해결하는데 해리는 그럴 수 있는 존재를 영원히 잃었다.

샤워하고 문자를 확인했다. 해리가 보낸 거였다.

화욜 5시 홍대입구역 4번 출구.

내 생각 따위가 얘한테는 조금도 중요하지 않은가 보다. 묻지도 않고 이런 문자를 보내는 걸 보면, 그래도 된다고 믿게끔 내가 처신을 잘못했나 보다. 어쩌면 저번에 말한 두 가지 부탁 중 다른 하나인지 모르겠다. 첫번째 부탁은 그럴 수밖에 없었다고 인정한다. 그런 자리에 같이 가달라고 누구에게 부탁하겠나. 그렇다면 이번에도 꼭 나라야 하는 일일까. 그럴 것 같다. 해리는 그 나이 여자애들과 달리 성숙한 데가 있다.

기하는 답이 없었다.

"안기하. 너는 뭐냐?"

문자를 확인이나 했을까. 그새 전화기를 또 바꿨나. 워낙 상식 밖의 인물이라 짐작되는 게 없다. 병원에서 본 녀석의 엄마가 떠올랐다. 늙고 마르고 궁색해 보였던 아줌마. 그게 우연히 내가 알게 된 기하의 현실이었다.

도진을 무시하고 깔아뭉개고 싶었던 것도 결국 질투심이었을 거다. 나는 기하에게 아무 관심이 없었다. 그냥 싫고 밥맛이고 재수 없는 녀석이었지. 녀석이라고 내가 좋았을까. 나를 쳐다보던 눈빛을 생각하면 나와 다르지 않았던 것 같다. 그런데 그때는 왜 나를 찾아왔을까. 머리가 그 지경이면 응급실로 가야 된다는 걸 모르지 않았을 텐데. 해리 때문이었나. 난생처음 좋아하게 된 여자가 내 얘기를 꺼내서 꼭지가 돌았나. 아무튼 사정을 알고 나니 나만큼이나 불쌍하다. 진짜 도둑놈이었고. 그것도 보통 도둑인가. 분명히 나쁜 짓을 한 놈인데 감히 엉기지도 못할 수준이라고 생각하니 존경스럽다.

욕하는 병을 가진 윤에다 인터넷을 뒤져서라도 똑똑한 척 구는 도진까지, 그리고 뭐 하나 무사히 넘어가지 못하는 나. 어쩌다 이런 애들끼리 틈새에서 만났을까. 윤 말고는 도진도 기하도 친구라고 생각한 적 없지만 어쨌든 우리는 어울렸고 내 주변에 또래라고는 녀석들뿐이다. 아직도 잘 모르겠다. 좋아하지 않아도 친구가 될 수 있는지.

문자를 한 번 더 보낼까 하다 그만두었다. 오든지 말든지 녀석이 알아서 할 일이고 나는 내 문제만으로도 머리가 아프다.

화실을 청소하고 그림에 집중했다. 2시부터 개인 교습이 있기 때문에 나는 되도록 그전에 내 시간을 가졌다. 그동안 조용하게 집중하는 버릇이 생겨서 이 시간에 나는 선생이 주문한 것들을 그린다.

잘해야 손바닥 크기인 이것으로 선생이 무슨 평가를 하는지 모르겠으나, 나는 그리는 자체가 좋아서 계속하고 선생은 고개를 갸웃하거나 끄덕이거나 할 뿐이었다. 며칠 전에는 안개가 자욱한 숲속에 물이 흐르는 그림과 알몸 바비 인형을 주면서 두 가지를 연결해보라는 숙제를 냈다. 자연과 인공물. 평면과 입체. 프린트 이미지와 인형. 도대체 둘을 어떻게 해결해야 할지 몰라서 옆으로 치워두고 익숙한 그림 그리기에 몰두했다. 선생이 힌트라고 알려준 게 「카드로 만든 집」을 보라는 거였다. 나를 어지럽게 만드는 것들로부터 해방되면 가장 먼저 봐야 될 영화다.

해리에게서 사진 하나가 왔다. 길게 이어진 꽃들과 날개 달린 요정이 매우 정교하게 그려진 거였다. 어디서 본 적도 없고 해리가 그린 것 같지도 않은데 이런 걸 왜 보냈는지 궁금했지만 묻지 않았다. 내가 이럴 줄 예상이라도 한 듯 해리가 또 문자를 보냈다.

타투.

나는 찡그리며 고개를 갸웃했다. 두 가지 의미를 깨닫기도 전에 전화가 왔다.

그였다.

"저녁때 병원으로 와라. 기다리마."

그게 다였다. 시종일관 어이없고 이기적인 사람이다. 자기가 오라면 당연히 올 거라는 자신감은 도대체 어쩌다 생겼을까. 내가 자기 마음대로 해도 되는 어린애로 보이시나. 기다리마. 그 말이 아주 거슬린다. 다른 것도 다 정떨어지지만 그 말이 열 배 아니 백배쯤 더 끔찍하다. 높은 자리에서 내려다보는 듯한 말투. 점잖은 어른인 척 구는 목소리. 내 아버지라도 되는 양 명령하는 그 말이 아주 싫다. 아주 귀를 씻어내고 싶을 정도다.

검사 결과가 나왔을 거라는 짐작은 됐다. 나한테는 그까짓 결과 중요하지 않다. 일치든 불일치든 달라질 게 없으니까. 순진하게도 내가 바란 건 그의 고통이었다. 내 존재가 뻔뻔한 그에게 충격이 되기를 바랐고 최소한 양심의 가책이라도 느꼈으면 했다. 그러나 그는 어떤 타격도 입지 않았고 되레 내가 숨이 막힌다. 그가 이렇게 내 숨통을 쥐게 될 줄은 몰랐다. 내 몸뚱이 어디에 자기 권리라도 있는 것처럼 당연하게 명령하고 있지 않은가. 기다리마.

속이 답답해서 밖으로 나왔다.

베네치아로 가기 전에 DVD방에 가서 영화라도 볼까 싶어 편의점에 앉아 검색을 하는데, 누가 맞은편 의자로 와서 턱 앉았다. 기하였다. 내 몫의 음료수까지 들고 나온 걸 보면 진작부터 여기 있었던 모양이다.

"생각보다 일찍 나왔네."

나를 기다리고 있었다는 뜻이다. 죄짓고 잡혔다는 애치고는 너무 멀쩡했다. 나는 잠자코 음료수 뚜껑을 따서 마시기만 했다. 여기까지 온 걸 보면 내 문자를 보기는 했나 보다.

"법이 뭐 그래. 학생이라고 막 봐주고."

"그래야 반성하고 국가를 위해 헌신하지. 나 같은 인재가 감방에서 썩으면 엄청난 국가적 손실이야."

"아주 웃기고 자빠졌다. 경찰 아저씨 앞에서도 그렇게 말할 수 있냐?"

"경찰 아니고 검찰. 내가 꾸며낸 말 아냐."

"그럼, 검찰에서 그랬다고?"

"응. 검사님이."

기하가 한숨을 쉬며 의자에 등을 기댔다. 얼굴빛이 좋지 않았다. 그동안 겪은 일이 얼마나 괴로웠는지 몰라도 충분히 힘들어 보인다. 다시는 그런 일 하지 않겠다는 서약서와 반성문을 쓰고 풀려났단다. 기소유예. 용서받을 수 있었던 이유가 그동안 번 돈을 고스란히 갖고 있었단 사실과 장래가 아까운 미성년자 신분이라서라고. 갑자기 등이 시큰해지며 땀이 쭉 흘렀다. 나한테 준 돈이 그렇게 번 거였다.

"돈을 왜 그냥 갖고 있었어?"

기하는 음료수만 마셨다. 그러더니 캔을 꽉 쥐어 쭈그렸다.

검찰에서 용서할 만한 이유가 충분히 있었다고 해도 기하는 달라지지 않았다. 내 눈에는 그렇게 보였다.

"대학 등록금 하려고. 엄마도 아프고."

우리는 잠자코 앉아서 다른 곳을 쳐다보았다. 돈을 다 돌려줬으면 앞으로 기하는 어떻게 될까. 이런 애가 제대로 공부하면 분명히 인재가 될 텐데. 계속 가난하면 또 삐딱해질 거고. 여러 번 어울렸어도 정이 안 가고 도진보다 더 싫은 놈이었지만 참 안됐다. 나만큼이나 불쌍하다.

"내가 돈 많이 벌면 줄게. 등록금, 그까짓 거."

기하가 킬킬거렸다. 나도 웃었다. 기하가 나한테 찌그러진 깡통을 던졌다. 그래서 나도 깡통을 찌그려 갚아주었다. 우리는 또 웃었고 이내 침묵했다.

"욕쟁이한테 잘 다녀오라고 해. 욕도 영어로 하고 유명해져서 오라고."

기하가 의자를 드르륵 밀어내며 일어났다. 나는 기하를 물끄러미 보다 물었다. 전부터 궁금하던 거였다.

"너, 저번에 왜 하필 나한테 왔냐? 머리 다쳤을 때."

기하가 나를 힐끗 보았다. 그리고 별생각 없다는 듯 툭 말했다.

"친구잖아, 우리."

기하가 횡단보도를 건너고 사람들 속에 섞여 사라지는 걸 물끄러미 바라보았다. 어쩐지 우리가 더 만날 일이 없을 거라는 예감이 들었다. 이렇게 우리가 끝났다고. 친구였든 무시하는 사이였든. 만약 우리가 혹시라도 어디선가 만난다면, 그때도 녀석이 공부하고 싶어 하면, 나는 아까 했던 말을 지키고 싶다. 친구라고 말해준 보답으로.

기하 핑계가 아니라도 베네치아에 가야 했다. 펑키 머리가 부르지 않았어도 나한테는 그가 떠나기 전에 해결해야 될 숙제가 있었다. 그는 주방에서 나를 보자마자 앞치마를 벗었다. 그리고 코트를 걸치고 먼저 나갔다. 내가 머뭇거리자 그가 또 명령했다.

"따라와."

그가 앞서고 나는 서너 발짝 뒤에서 따라갔다. 그는 실내 포장마차로 들어갔고 이번에도 나한테는 묻지도 않고 잔치국수를 시켰다. 그거 안 먹을 거라는 말이 목구멍까지 올라왔지만 꾹 삼켜버렸다. 여태 주방에 있었던 사람이 국수가 나오자마자 두세 젓가락에 후루룩 들이켜고 젓가락을 놓는다. 나는 이번에도 국수가 다 식어 불어터지도록 손도 대지 않았다.

나는 기회를 보고 있었다. 언제 입을 떼는 게 좋을지. 아무에게도 꺼내지 못하고 가슴에 묻어온 진실. 내 죄를 고백하는 자리. 그가 어떤 반응을 보여도 감당해야 되고 설사 나를 죽이려 해도 도망치지 않을 것이다.

"윤한테 들었지? 나도 간다는 거."

나는 고개만 끄덕였다. 그는 한숨을 쉬었다. 표정이 어두운 게 그다지 내키는 일이 아닌 모양이었다. 틱 장애를 가진 윤에게 유학보다 치료가 필요하다는 걸 나도 아는데, 보호자로 따라가야 되는 입장이니 한숨이 나올 만도 하다.

"로키 산이 멀지 않은 데라고 하더라. 그래서 간다고 했지. 로키 산. 후우! 너, 「록키」라는 영화 본 적 있냐? 좀 옛날 영화지만 나한테는 고전이야."

나는 고개를 끄덕였고 그러는 나를 펑키 머리가 빤히 보았다. 문득 그 얼굴이 무섭게 느껴졌다. 영화 얘기 하다 갑자기 바뀐 얼굴이라 나는 긴장해서 침을 덜컥 삼켰다.

"윤이 먼저 떠나고, 나는 좀 있다 갈 거야."

"……"

"네놈 데리고."

나는 그를 멍하니 보았다. 모든 게 정지됐고 피가 차갑게 식는 듯했다. 네놈 데리고, 소리가 나를 무섭게 옥죄었다. 드디어 닥쳤다는 걸 깨달았다. 내가 어쭙잖게 고백이라는 걸 하기도 전에 그가 먼저 나를 해결하려고 한다.

저절로 고개가 수그러들었고 나는 초조하게 허벅지에 손바닥만 문질렀다. 너무 겁을 먹은 탓인지 이상하게도 진땀이 나지 않았다. 해리의 그 무표정하던 얼굴이 떠올랐다. 해리와 나는 지나치게 닮았다. 오누이처럼.

"복서가 되고 싶은 적이 있었지. 그날도 친구들이랑 영화 보고 복싱장에 갈 생각이었어. 영빈이, 그날 말야."

"아, 저기…… 제가요. 영빈이 잘못이 아니라……"

"그래. 영빈이 그 착한 게 무슨 잘못이야."

"아, 형. 제가 그런 거예요."

나는 떨리는 손으로 탁자를 꽉 붙들고 펑키 머리를 보았다. 나도 모르게 그를 형이라고 불렀다. 여태껏 그런 말은 처음이었다. 길거리의 깡패 형들한테도 해본 적 없는 소리가, 형 소리 안 한다고 맞은 적도 있는데 그 소리가 이렇게 나와버렸다.

펑키 머리가 잠시 나를 보았고, 나는 온몸이 뜨거워진 채 떨면서도 그의 시선을 피하지 않았다. 눈알이 불에 덴 듯 뜨겁다가 쓰라리기 시작했다. 차마 더 버티지 못하고 시선을 떨구는데 왈칵 눈물이 쏟아졌다.

"너만의 잘못이 아니라고, 그 말이 하고 싶었다."

그의 말끝이 떨렸다. 나는 울음이 터지려는 걸 이를 악물고 견뎠다. 그 말 때문에 나는 더 걷잡을 수 없이 흔들렸다. 그는 탁자 귀퉁이로 시선을 돌린 채 목걸이를 만지작거리며 가라

앉은 목소리로 말했다.

"로키가 어디냐고, 영빈이가 따라오겠다고 하도 귀찮게 해서. 내가 그랬다. 너 같은 놈, 없어졌으면 좋겠다고. 그리고 그날, 그렇게 됐어."

펑키 머리가 천장을 보며 입술을 꽉 물었다. 그도 떨고 있었다. 눈자위가 빨갰다. 나는 머리가 텅 비어 고개가 수그러들었고 몸이 무겁게 가라앉았다.

"그날, 너는 내 손이었던 것 같다. 그래서 한 번은 꼭 보고 싶더라."

그가 만지작거리던 목걸이 펜던트를 내 눈앞에 보였다.

"여기, 영빈이가 들어 있다."

나는 캡슐 모양의 그것을 차마 보지 못하고 두 손으로 입을 틀어막으며 고개를 돌렸다. 눈알이 뜨거워지고 눈물이 솟구쳤다. 불같은 덩어리가 사정없이 꿈틀거리며 속을 후볐다. 너무 오래 참았던 울음. 속이 죄다 끌려 나오기라도 할 듯 끅끅 토해지는 울음에 결국 몸이 휘었고 나는 주저앉고 말았다. 여태껏 그는 영빈의 일부를 거기에 담아서 걸고 다녔던 것이다. 덜어내기 어려운 형벌의 무게를 그는 그렇게 확인하고 있었다.

"무야. 나랑 로키에 가자. 가서 이 자식 좀 그만 놔주자."

「카드로 만든 집」을 보고 화방에 들렀다.

선생이 주고 싶었던 힌트가 뭔지 감이 잡혔고, 안개 자욱한 숲과 바비 인형을 연결하여 나는 '탄생'이라는 제목의 이야기를 하나 상상할 수 있었다. 나는 진심으로 고마웠고 한 가지 다짐을 했다. 언젠가는 꼭 누나라고 불러야지.

잡다한 것들을 사서 나오는데 낯선 남자가 다가왔다. 그가 기다리고 있다고. 병원에서 기다린다는 것도 무시하고 전화도 받지 않았더니 아예 사람을 보낸 것이다. 도서관에서 혼자 영화 보고 오는 길인데 나를 찾아냈다는 건 나를 관찰하고 있다는 뜻이었다.

아마도 결과가 일치한 모양이다. 확실한 걸 꽤나 따지는 사람인가 본데 뭐라고 하나 들어보자 싶어 남자를 따라갔다.

병원이 아니라 호텔 레스토랑이었다. 최송은도 함께 있는 자리였다. 낯선 남자도 맞은편에 자리를 잡았다.

"어서 와라."

최송은이 먼저 말했다. 차가운 소리. 예의를 차리고 있지만 입술이 살짝 비틀렸다. 짐작할 수 없는 많은 것들이 그 속에 숨어 있는 것이다. 나는 그녀를 똑바로 보았다. 그와 잘 어울리는 사람이다. 짐작대로 빈틈없고 대단해 보인다.

나는 되도록 정중하게 빈자리에 앉았다. 그를 위해서가 아니라 나를 위한 예의였다. 나를 무사히 지켜낼 책임이 나에게 있다는 걸 요 며칠 사이에 뼈가 아프게 겪은 터다. 펑키 머리

덕분에.

"학교를 다시 다니는 게 어떠냐. 기왕이면 좋은 데로."

"사립이면 별문제 없을 겁니다. 알아보겠습니다."

그의 말에 낯선 남자가 곧바로 대답했다. 말하는 투가 꼭 변호사 같다. 그런 사람을 가까이서 본 적은 없지만 왠지 느낌이 그랬다. 그사이 종업원이 와서 깍듯하게 주문을 받아갔다. 나에게도 메뉴판이 왔으나 내가 거들떠보지도 않자 더 이상 내 의사는 묻지 않았다.

"혹시 유학 생각 있니?"

차갑게 최송은이 물었다. 유학. 남의 동네 말 같던 이야기가 여기서 나오다니. 기하가 들으면 거품 물겠다. 어쩌면 저렇게들 침착하고 오지랖이 넓을까. 이러기 전에 최소한 검사 결과라도 말해주는 게 순서 아닌가.

"내일 오후에 여기서 가족 모임이 예약돼 있어. 동생들 봐야지. 걔들도 궁금해한다. 잘해보자."

대인배처럼 최송은이 또 말했고, 옆자리 남자는 자기 앞에 놓인 서류에 계속 뭔가를 적고 있었다. 그는 고개를 약간 젖히고 나를 바라봤다. 마치 우리가 이런 사람이야, 하는 것 같은 표정으로. 그러나 그 속에도 참담한 일을 어쩔 수 없이 견디고 있는 고역이 보였다. 옆자리의 최송은이 거기에 한몫하고 있는 것 같아서 나는 묘한 희열을 느꼈다.

내일. 해리가 보자고 한 날이다. 여태 까먹고 있었는데 지금 생각이 났다. 그리고 엄마가 생각났다. 내가 여기서 이러고 있는 줄 상상이나 할까.

앞에 놓인 물을 쭉 마셨다. 차갑지도 따뜻하지도 않은 밍밍한 물. 차라리 마시지 말걸. 나는 유리컵을 제자리로 밀며 일어났다.

"거기까지만 하시죠. 뭔데, 내 인생을 이래라저래라."

천천히 거기서 나왔다. 나를 그저 지켜보는지 뒤가 아주 조용했다. 호텔을 나오는데 가슴이 든든하게 채워지는 기분이었다. 그 정체가 무엇인지 알 수 없지만 나를 더욱 침착하게 만들고 강하게 붙잡아주는 에너지인 것만은 분명했다. 싫어도 인정해야 되는 사실. 그가 내 친부라는 것과 드디어 내 근본이 무엇인지 알았다는 것. 그거면 된다.

잘못 갔던 길에서 돌아오듯 나는 곧바로 화실로 갔다. 아직 남아 있는 학생들이 있었지만 나는 작업에 몰두했다. 물에서 빠져나오는 아기 괴물을 먼저 스케치했다. 바비 인형에 물갈퀴와 아가미, 젖은 날개도 그려 넣었다. 그런데 이상하게 스케치 속의 이미지가 해리와 겹친다.

이미 어두워지기도 했으나 유난히 더 무겁게 느껴지는 저녁이었다. 금방이라도 눈이 쏟아질 듯 흐린 날이라 유난히 그 장미가 더 눈에 들어왔는지 모르겠다. 꽃집 유리창 너머로 보이는 장미 때문에 나는 잠시 발이 묶였다. 그리고 난생처음 장미라는 걸 사보았다. 그것을 유리컵에 꽂아 엄마 화장대에 놓은 건 엄마 때문이 아니라 순전히 최송은 때문이었다. 밥 먹듯이 욕하고 쉽게 흥분하고 날 버리고 멀리 도망도 못 간 사람이라는 걸 최송은에게 확인시키고 싶었다. 물론 알 리가 없겠지만.

장미에 감동받았는지 엄마는 시시콜콜 물어보지 않고 여권과에 동행이 돼주었다. 그리고 펑키 머리의 전화번호를 달라더니 혼자 그를 만나러 갔다.

비행기만 타면 되는 줄 알았는데 생각보다 미국 가는 건 준비도 까다롭고 시간도 오래 걸린다고 했다. 시간이 얼마나 걸리든 상관없다. 나는 기꺼이 준비할 것이고 펑키 머리를 따라갈 것이다. 거기, 로키까지. 비록 그는 윤에게 남고 나 혼자 돌아와야 하지만.

기어이 눈이 쏟아지기 시작했다.

그가 말한 시간에 나는 해리를 만나러 갔다. 퇴근 시간이라 홍대입구역 4번 출구는 사람들로 장사진이었으나 해리는 금방 눈에 띄었다. 모자가 달린 긴 코트를 두르고도 목도리를 친친 감은 모습으로 해리가 나를 보고 손을 흔들었다. 어제까지만 해도 이 약속에 별생각이 없었다. 그가 내 속을 긁지 않앉으면 분명히 화실에서 바비 인형을 주무르고 있었을 것이다. 그래도 저 애는 이렇게 여기로 나왔겠지.

우리는 나란히 사람들 속을 걸었다.

"클럽에 안 가도 돼?"

"이제 더스티 그만두려고."

"그래도 돼? 거기 메인이잖아, 너."

"나 아니어도 줄 서서 기다리는 사람 많아."

"그럼 이제부터 뭐 하게? 노래 안 하려고?"

"노래는 내 목숨이야. 이제부터 혼자 해보려고. 그래서 같이 가줬으면 한 거야. 너 아니면 부탁할 사람이 없어."

"무슨 계획인데?"

"나, 오디션 프로그램 도전해보려고. 다른 세상으로 가는 거, 그 방법이 제일 좋을 것 같아서."

해리가 내 팔을 잡는데 그 손을 거절할 수가 없었다. 흉터를 감추느라 문신처럼 화장하고 밤에 클럽에서만 노래하던 애가 그런 용기를 내고 있는 줄 몰랐다. 이게 옳을 것이다. 밤무대 가수로만 살기에 해리는 아직 너무 어리다. 고작 열일곱 살. 그래서 나는 해리가 오디션 준비라도 하는 데에 나를 데려가는 줄 알았다.

매직컬 타투.

며칠 전 해리의 문자가 불현듯 떠올랐다.

"너, 진짜 저걸 하겠다고?"

"나 이제부터 소연이로 살 거야. 평범한 이름으로. 해리는 죽었어."

해리 표정이 단호했다.

해리와 소연이가 내기니 뭐니 하더니 그게 이거였다. 사면동에 다녀온 지 열흘이 안 돼 내가 해리를 찾아갔고, 그것이 이 결정에 영향을 미쳤다는 것이다. 그래서 해리를 버리고 소연이로 살겠다고 결심했다는 건데, 해리 인생에 내가 이 정도로 영향을 미친다는 사실에 무거운 책임감을 느낄 수밖에 없었다. 그렇다고 해리가 내 반응을 살피거나 한 건 아니었다. 내내 생각하고 갈등하던 문제를 결정하는 데 내가 어떤 기준이 되었을 뿐. 그것까지야 알 수 없지만.

해리에게는 내 의견이 필요한 게 아니라 옆에 있어줄 사람이 필요했던 것이다. 진작 와서 상담을 받고 몸에 새길 도안까지 결정해두고 있었다. 나에게 보낸 꽃들과 요정 그림이 바로 그거였다.

나는 한숨을 쉬며 해리를 따라 들어갔고 기괴하고 화려한 도안으로 장식된 룸에서 해리가 옷 벗는 것을 지켜보았다. 부끄러운지 두려운지 해리가 한 번 나를 돌아보았다. 그리고 팬티와 브래지어만 입은 채 긴 의자에 엎드렸다. 긴 코트로 감싸서 몰랐지 해리는 벗기 좋은 옷 하나만 걸친 상태였고 그나마 벗고 나니 앙상하게 마른 몸이 가엾게 드러났다. 여자의 벗은 몸을 실제로 보는 게 처음인데도 나는 호기심보다 목이 잠길 정도로 가슴이 아팠다.

두 명의 타투이스트가 작업을 시작했다. 고통의 흔적인 담뱃불 자국이 서서히 꽃으로 피어나고 요정으로 숨을 얻는 시간이었다. 보이지 않던 몸에까지 도안이 붙는 걸 보면서 나는 몸을 떨었다. 목덜미와 귀밑, 그리고 손등의 흉터가 내가 아는 전부였는데.

해리가 죽지 않고 저렇게 살아남은 게 기적이었다. 너무나 치욕스럽고 아팠을 흉터. 거기에 꽃이 새겨지느라 또 고통스러워하는 해리를 나는 기꺼이 지켜봐 주었다. 내가 감당할 몫이기도 했다. 해리도 알고 있었던 것이다. 악마에게 빼앗긴 그 시간이 우리 공동의 것이었다는 걸.

아직 스무 살도 안 된 해리는 꽃과 요정이 되어 밝은 세상으로 나가려고 쿠션에 얼굴을 파묻거나 움켜쥐면서 아픔을 견뎌냈다. 우리가 만나지 않았던 6년 동안 해리는 나와 또 다르게 힘겨운 강을 건너왔다는 걸, 그렇게 지켜보면서 받아들이는 게 내가 할 수 있는 전부였다.

붉게 부어오른 해리 몸뚱이 여기저기에 약이 발라졌다. 꽃이 된 상처마다 랩이 덮이자 해리가 참았던 고통에 몸을 부르르 떨며 웅크리는데 순간 언젠가 꿈에서 보았던 태아가 떠올랐다. 눈물에 둥둥 떠서 막에 싸인 태아가 저렇게 구부렸었다. 그때는 그게 나였다. 그런데 이제 해리로 느껴진다.

해리가 꽃이 되어 온몸을 떨면서 나에게 걸어왔다. 눈물이 그렁그렁하지만 웃고 있는 해리를 나는 코트로 포옥 감싸며 안아주었다. 아플까 봐 꼭 안을 수도 없는 애. 해리가 울먹이며 속삭였다.

"고마워. 미안해."

우리는 아무 말도 하지 않았다. 거리에서도 택시에서도. 해리가 기사에게 고시텔로 가달라고 했고, 조금 뒤에 내가 우리 집으로 목적지를 변경했을 뿐이다. 우리는 잠자코 각자의 창밖을 보면서 집으로 갔다. 초인종을 누르는데 해리가 멈칫 물러나서 가만히 잡아당겼다.

해리를 보자마자 엄마 눈이 휘둥그레지더니 해리의 몸뚱이를 보고는 넋이 나가서 소리를 질러댔다. 몸뚱이에 도대체 뭔 짓을 한 거냐. 요즘 애들은 겁대가리가 없네. 어디서 이런 애를 달고 왔느냐. 잔소리에 푸념이 끝도 없는 엄마를 나는 그냥 내버려두었다. 적응하고 차분해지기까지 나도 이렇게 오래 걸렸는데 해리는 오죽할까.

"딸 하나 얻었다고 생각해. 엄마 없을 때 얘가 유일한 내 가족이었어. 나중에 또 야단치고, 지금은 밥 좀 줘. 우리 배고파."

공항으로 가는 택시를 타기 전에 혜인이 학원으로 들어가는 걸 보았다.

여전히 단정하고 환하게 웃는 애. 친구이고 여자이고 누나이고 여동생일 수 있는 애. 다른 세상 사람처럼 닿을 수 없는 혜인에게 꼭 주고 싶었던 것을 보내주었다. 지갑의 맨 안쪽에 넣어두었던 깨끗한 돈으로 산 빨간 장미. 아주 오랜만에 문자도 보냈다.

넌 나에게 다른 세상을 보여준 창이었어. 고마웠다.

혜인에게서 전화가 왔다. 받지 않았다. 문자도 왔다. 나는 휴대전화를 껐다. 그리고 출국장으로 들어갔다.

작가의 말

거북하거나 혹은 두려운

우리의 외면은 그런 까닭에서 비롯된다. 거북하거나 두려워서 혹은 귀찮아서. 때로는 그저 방관자가 되어 거리를 유지한 채 불필요한 일에 엮이지 않기로 한다. 가슴 한편에서 양심이 꿈틀거릴지라도 내 안전에는 문제없다. 그러나 가끔 관여할 수 없는 상황을 바라보기만 해야 할 때도 있으니 이때의 심정은 안타까움이다.

나는 대중교통 애용자로 특히 전철을 선호하는 편이다. 운전을 못하고 운전사를 고용할 처지도 못 되니 현실적으로 전철이 가장 적절한 교통수단이 된 셈이다. 그러니 어쩌다 겪게 되는 불편함도 잘 참아낸다. 사실은 그 정도가 아니다. 고백하자면, 나는 즐긴다. 누군가를 몰래몰래 훔쳐볼 수 있는 장소가 그리 흔한가. 그야말로 전철은 다른 사람의 표정, 손 모양,

행동, 주워듣는 이야기, 첫차를 탄 노동자들, 돌발 상황, 패션, 나쁜 짓, 불법 판매원, 안내 방송, 외국인 여행자 등등 자연스럽고 경제적으로 얻을 수 있는 것들의 백화점이다.

꽤 오래전이었다. 세상이 잘못되었다고 느껴질 만큼 그날은 어쩐지 비정상이었다. 서울역에서 노숙자처럼 뵈는 노인이 타더니 묵묵히 앉아 있는 승객들에게 세상의 종말이 임박했음을 핏대 올리며 전하고는 다음 역에서 내렸고, 충무로역에서 탄 비만 여성이 상대방이 전화를 받지 않는다며 오만상을 찡그린 채 큰 소리로 징징거렸다. 언뜻 보기에도 정신미약자였다. 대개의 승객들은 그들을 쳐다보지도 않았다. 그러나 비웃거나 혐오스러워하는 표정이 미묘하게 지나가는 걸 누구라도 알 수 있었다. 그러는 중에 문 쪽에서 속사포 욕설이 터져 나왔던 것이다. 복부 단추가 터질 듯 죄는 교복 차림에 제 덩치만 한 책가방을 진 남학생. 거북이처럼 구부정해진 그가 불안한 눈을 둘 데 없이 굴리며 발작적으로 욕을 토해냈는데 쉼표도 방점도 없이 쏟아진 욕설은 그야말로 한 덩어리. 그건 욕이라기보다 몸에서 응어리졌다 터져 나온 일종의 종양 같았다. 자의로는 멈출 수 없어 불안해하던 그 애를 우리는 잠자코 바라봐야만 했고 몇몇의 표정에는 안타까움이 어렸다.

놀랍게도 나는 그 애를 방송 프로그램에서 다시 보았다. 확실히 그 학생이라고 단언할 수는 없다. 아마 증상이 너무 비슷해서 동일인으로 받아들였는지 모르겠다. 사실은 비슷한 생각을 갖게 했다는 점에서 그들이 동일인이고 아니고는 중요하지 않다. 아무튼 텔레비전 속 그 애는 느닷없이 욕설을 내뱉는 중증의 틱 장애 학생이었고 교실의 면학 분위기를 일시에 깨는 폭탄이 분명했다. 참으로 다행스러운 것은 선생님이나 반 친구들의 '그런가 보다' 하는 태도. 그런 애가 우리 반에 있다는 걸 인정하는 분위기랄까. 선생님은 소란이 그칠 때까지 잠시 기다렸다가 수업을 이어나가고, 반 애들은 무슨 일이 있느냐는 듯 신경 쓰지 않거나 돌아보고 픽 웃어주는 것이다. 증상이 멈춘 뒤에 그 애는 자기가 모두에게 불편을 끼친다며 미안해했다.

방송에 보인 장면이 결코 전체는 아닐 것이다. 그러나 배려와 존중이 느껴졌고, 상황 뒤에 다시 평범해지는 그들이 인상적으로 남아 이 작품에 일부로써 활용하게 되었다. 다른 인물들 역시 각기 다른 곳에서 다른 상처로 아팠던 이들이다. 그날 전철의 소란이나 틱 장애 증상을 보였던 학생에 대해서 나는 아는 게 없다. 옷깃이 스치고 때로는 팔이 부딪혀도 철저히 타인일 수 있는 전철에서 잠시 또 훔쳐보기를 했을 뿐이고, 온갖 복잡하고 다양한 사건 틈바구니에서 우연히 안타까운 소리를 들었을 뿐이다.

각자의 몫으로 남은 상처를 안고도 우리는 살고 어울리고 때로는 사랑하면서 일치되었다가, 거짓말처럼 어긋나 영원히 멀어지기도 한다. 누구를 탓할 일이 아니다. 그 간극에 남은 의미를 받아들인다면. 그 틈새의 관찰자가 되어 어른 못지않게 힘겨웠던 어떤 이들의 한때를 짐작해보면서 나 역시 기댈 데 없이 외로웠던 청소년기가 있었음을 고백한다.

우리는 모두 누군가의 가족이고 친구이고 팀원일지라도 궁극적으로 혼자이므로 스스로에 대한 책임 또한 자신에게 있다는 것을 아프게 깨달을 수밖에 없다. 다만 그 곁에 이야기 들어줄 한 사람이 있다면 얼마나 좋을까 바랄 뿐이다. 아마도 그런 게 사랑 아닐까.

황선미